單向街

城市漫遊者班雅明的步行、探索與懷舊小物

ONE WAY STREET

華特·班雅明 著
WALTER BENJAMIN
王涌 譯

目次——One Way Street

01．加油站　009
02．早餐室　010
03．113號　012
04．致男人們　015
05．標準時鐘　016
06．回來吧，一切都得到了原諒！　017
07．擺有豪華傢俱的十居室住宅　018
08．中國貨　020
09．手套　022
10．墨西哥使館　023
11．用「植栽」來保護大眾　024
12．建築工地　026
13．內務部　028
14．旗幟　029
15．降半旗　030
16．全景幻燈　031
17．地下挖掘工程　043
18．為謹小慎微女士服務的男理髮師　044
19．注意臺階！　045
20．宣誓就職的審計員　046

21・教學用具 049
22・德國人喝德國啤酒！ 051
23・禁止張貼！ 052
24・十三號 055
25・武器與彈藥 058
26・急救 059
27・室內裝飾 060
28・紙張和文具 061
29・時髦服飾用品 064
30・擴展 066
31・古玩 073
32・鐘錶與金飾 077
33・弧光燈 079
34・內陽臺 080
35・失物招領處 082
36・最多只能停三輛車的計程車候客處 084
37・陣亡戰士紀念碑 086
38・火災警報器 088
39・旅行瑣憶 089
40・配鏡師 095
41・玩具 097
42・綜合診所 106
43・出租用的牆面 107
44・辦公用品 109
45・托運貨物：運輸和包裝 111

46．內部整修，關門歇業！ 112
47．「奧吉雅斯」自助餐館 113
48．集郵社 114
49．有人說義大利語 120
50．緊急技術支援 121
51．縫紉小用品 123
52．稅務諮詢 124
53．對缺乏資金者的法律保障 126
54．醫生家夜間急診用的門鈴 128
55．阿里亞娜夫人住在左邊的第二個庭院 129
56．供人卸妝的更衣室 132
57．投注站 134
58．站著喝酒的啤酒館 136
59．禁止乞討和兜售！ 139
60．到天文館去 140
評《單向街》／阿多諾 144
譯後記 156
年表 168

這條路叫「阿西亞・拉西斯」(Asja Lacis)街，
她在作者心中打通了這條路。

01・加油站

眼下，人們早就不用信念來建構生活，而大多是被事實所左右，而且後者也大多沒有成為信念的基礎。

在這種情況下，我們就不可能指望文學活動在文學框架內發生。更確切些說，文學才因此變得平庸。有意義的文學效應只會誕生在行動與寫作的密集交替中，並間接地呈現在傳單、宣傳小冊、雜誌文章和廣告中。書籍的格式精緻但千篇一律，而多樣的出版品更能在真實的社群裡發生影響力。這種即時的語言才是應那一時刻而生的。

對於社會生活這部龐大機器來說，觀念好比機油；工人不是站在渦輪機前不斷灌油，只需注入一點點油在看不見但關鍵的齒輪和接縫處就好了。

02．早餐室

根據流傳至今的民間傳說，前人告誡說：「不要在第二天清晨空著肚子講述昨晚的夢。」

此時，醒來的人實際上依然還處於夢的魔力控制下，也就是說，洗臉和漱口只是喚醒了身體的表面和它的外在運動機能，而夢的幽暗陰影並沒有逝去，它依然留在身心深處。實際上，它緊緊黏附在人剛醒來時的孤寂中。

有些人不想與白天接觸，不管是怕見人或想維持內心的寧靜，都不想吃東西，而且鄙視早餐。他們躲避夜間與白天這兩個世界的更替；雖然一般人得在清晨時專心工作或祈禱，以驅散夢的陰影，否則生活節奏就會大亂。

依此看來，講述夢的內容會帶來災難。因為，若你與夢中世界若即若離，還出賣了它的內容，必然會遭到它的報復。用更現代的話來說，他出賣了自己。

他不再需要做些幼稚的夢來保護自己。他不假思索地觸摸了夢而洩露了自己，而其內容只有從彼岸、在光照的白日，憑梳理過後的記憶來講述。夢的這個彼岸只有透過淨化才能達到，它與洗臉和漱口類似，但又完全不同；它發生在胃部。空肚子的人講述夢境時，彷彿在說夢話。

03・113號

擁有意象的時辰，在那間做夢之屋逝去。

地下室

我們早已忘卻了儀式，但生命之屋就是以它為基石建成的。當生命之屋受到攻擊而且被敵方炸彈擊中時，其地基裡所藏有的令人耗盡精力的怪異古物，還不會暴露出來。這些東西隨著咒語被埋入土中和獻祭。那令人毛骨悚然的珍品收藏室就像深邃的通風井，收藏著日常之事。

在一個絕望的夜晚，我夢見我和學生時代第一位認識的朋友在一起。幾十年來，我不再記起他，也很少想起那段時光。夢境裡，我熱烈重溫往日的友情與兄弟般的情義。但夢醒時分，我恍然大悟：那絕望宛如一枚炸彈，掀開那男孩的屍首，他被埋在那裡以警告世人：不管誰在這裡生活，都不應像他那樣。

前廳

造訪歌德宅邸。但我現在想不起於夢裡看過的房間，只記得有一排粉刷過的走廊，就像在學校一樣。我還夢見兩位來訪的英國老婦人和男管理員。管理員請我們到通道盡頭簽名，那邊的窗臺上有一本登記簿。翻開簿子時，我發現自己的名字已經寫在上面了，字很大、歪歪扭扭，是孩子的筆跡。

飯廳

我夢見自己在歌德的書房裡。那一點也不像他在威瑪的那個書房。首先，房間很小並且只有一扇窗戶，對側的牆邊上擺著一張細長的書桌；年邁的詩人坐在桌前伏案寫作。他停下筆，我站在一邊，他停下筆，送給我一隻古雅的小花瓶。我雙手擺弄著它，一股巨大的熱流彌漫了整個房間。

歌德起身和我一起走進隔壁的房間，那裡有一張長桌子，準備讓我的親戚們入座，可是座位遠比我的親戚多。看來，他們也為祖先們備好了席位。我坐在桌子右邊的盡頭，就在歌德的身邊。

飯後，歌德費力地站起身，我示意要扶他。當我的手碰到他胳膊時，我便激動得流淚。

04 · 致男人們

說服他人用不著長篇大論。

05·標準時鐘

對於偉人來說，已完成的作品比較不重要，還不如他傾畢生精力、但還未完成的作品。性格有缺陷和精神渙散的人，才會在完成作品後產生無與倫比的快感，彷彿再次重生。

對天才來說，每一次停滯和命運的沉重打擊，都像是溫柔的夢境，只是辛勤工作的休息時間。他未完成的作品映現著工作的魔力：「天才就是勤奮」。

06．回來吧，一切都得到了原諒！

青少年時，誰都能在單槓上做大迴旋，也都玩過總會中頭彩的抽獎輪盤。十五歲時意識到或嘗試過的事情，將來有天會成為我們精神的興奮點。

有一件事也是絕對無法再去嘗試的：從父母身邊逃走。

那四十八小時的逃家經歷，彷彿從一杯鹼液中析出了幸福生活的樣貌。

07．擺有豪華傢俱的十居室住宅

在一些偵探小說中，作者詳盡描述和分析十九世紀下半葉的傢俱風格，而劇情的恐怖氣氛都是以居室為核心而散發出來的。

在作者的精心安排下，傢俱的擺放位置構成了致命陷阱，而房間的布局則暗示著受害人逃走的路徑。無庸置疑，這種偵探小說始於愛倫．坡，雖然在他的時代這種居室還不存在。每個偉大的作家都會構想未來的世界；波特萊爾詩歌中的巴黎街道是在一九〇〇年後才出現的，杜斯妥也夫斯基小說中的人物之前也根本不存在。

在十九世紀六〇年代到九〇年代，布爾喬亞都會在室內塞入飾滿木雕的巨大櫥櫃，不見陽光的角落裡還擺放著棕櫚樹盆栽；凸出的陽臺被嚴密裝上了防護圍欄，長長的走廊裡響徹著煤氣火焰的歌聲。這樣的擺設簡直只適於屍首居住。「姨媽坐在這張沙發上只能等著被殺掉」，只有屍首才會對奢華而死氣沉沉的室內布置感到舒適。

在具有東方色彩的偵探小說裡，比風景更吸引人的是顯貴又奢華的室內擺設：波斯地毯、無靠背矮沙發、吊燈和貴重的高加索短劍。沉甸甸的基里姆（Kilim）掛毯高高撩起，滿手股票的房子主人正飲酒作樂，時而感到自己是東方商賈，時而又感到自己待在令人心醉神迷的可汗國。他就是那個懶洋洋的帕夏。沙發床上方繫著一把銀飾帶的短劍，在一個美麗的下午，它結束了他的午睡和他的生命。在這種布爾喬亞的居室裡，受害者膽戰心驚地等待著無名殺手到來，就像淫蕩的老婦人等待情夫那樣。

有幾位作家深知，自己不夠格被稱為「優秀的偵探小說家」，因為他們的作品裡出現了如此的資產階級魔窟。

柯南．道爾的幾部單篇作品、美國作家安娜．凱薩琳．格林（Anna Katharine Green）的一部巨著都有這樣的問題，而法國劇作家勒胡的《歌劇魅影》更是這種體裁的巔峰之作，那是描寫十九世紀風情的偉大小說。

08・中國貨

在這個時代，誰都不可以過分依賴自己的「能力」，成就來自於臨場反應，正如決定性的一擊都來自非慣用的左手。

在漫長小道的入口處有一扇大門，接著沿山坡而下通往某人的家。我過去每晚都去造訪她，她搬走之後，大門敞開的牌樓，從此就像失去聽力的耳朵，豎立在我面前。

孩子穿上睡衣後，多半都不願去向剛到來的客人問好。家長會勸說孩子，為了展現高尚的風度，不要太害羞，否則就會失禮了。這都是白費口舌。幾分鐘後，孩子出現在客人面前，卻是一絲不掛，原來他去洗了個澡。

鄉間道路有種特別的力量，不管你是在上行走還是坐飛機從上飛過；文本的力量也是如此，不管你是在閱讀或抄寫它。

飛機上的乘客與飛行員只看到道路在地表上延伸，並隨著周圍地形而伸展，就有如一馬平川的景觀。但只有走在上頭的人才能感覺到道路的掌控力，憑藉每一次轉彎，它呼喚出遠近、視點、光線和全景，就像指揮官在前線號令士兵。

因此，抄寫者的靈魂會接受文本的指揮，而純粹的讀者絕不會發現文本內部的新視角，也不會發現它穿過稠密的原始叢林而開闢出道路。讀者在他自己的領地裡，依隨搏動的自我、如夢般自由翱翔，而抄寫者卻任憑文本發號施令。中國人有獨一無二的抄錄文化，並因此確保了他們的文化傳承，而那些抄本則是解開中國之謎的鑰匙。

09．手套

人對動物感到噁心時，最主要是害怕與它們接觸時被對方當成是同類。令人吃驚的是，人內心深處有一種隱約的感覺，覺得自己的舉止與使人生厭的動物並沒有多大差異，所以會被當成同類。

所有的噁心感都是起於觸碰，要克服這種感覺，只有借助激烈舉動：把這種感覺硬壓下來、吞進肚子裡，往後連最表層的區域也不能觸碰到。唯有如此，我們才能達到有點矛盾的道德標準：在克服噁心感的同時，又微妙地去培育它。

人無法否認自己跟這些獸性的關聯，他的噁心感就來自此。所以，人必須掌控自己的動物性。

10．墨西哥使館

每當我從木雕神像、鍍金菩薩像或墨西哥人的神像前走過，我都會自語：「或許那才是真正的上帝。」

——波特萊爾

我夢見自己在墨西哥加入了科學考察隊。在穿過一片高高的原始叢林後，我們來到了深山裡的地面石窟群。那裡有一個僧侶團，至今依然保持早期的傳教活動。弟兄們繼續勸說當地原住民皈依他們的宗教。

中間的高大洞窟尖頂如哥德式建築一樣，人們正按照最古老的儀式做彌撒。我們走了進去，目睹了彌撒的主要部分：一位傳教士面對牆上某處高高懸掛著的聖父半身木雕像，舉起了一尊墨西哥神像。見此情景，聖父的頭從右向左一連搖了三下以示否定。

11・用「植栽」來保護大眾

哪些問題得到「解決」了呢？

生活中出現的問題都像擋住視線的樹杈一樣，留在我們的身後了。我們從沒有想到要將這枝杈連根拔掉，也沒有想到要把它剪得稀疏一些。我們繼續前行，將它留在了身後；從遠處還能看見它，但模糊不清、依稀朦朧又顯得格外神祕，枝葉都纏繞在一起。

對於文本的評論和翻譯，正如對大自然的風格和模仿，都是用不同方式看待物件。對於神聖的文本之樹，二者只不過是沙沙作響的樹葉；而對於平庸的文本之樹，它們則是適時落下的果實。

戀愛中的人迷戀情人的「缺點」，包括怪癖、弱點、臉上的皺紋、痣、寒酸的衣著和有點歪斜的走路姿態，它們比任何一種美都更為持久和牢固。這早已為人所知。

但為什麼會這樣呢？有種理論聲稱：感受並不是由大腦而來。對一扇窗戶、一片雲、一棵樹的感受，不是由大腦先出發，而是在看到這些具體情景的當下，才有了這些感受。

假如這種理論正確的話，那麼，我們在看情人時就不可能保持冷靜和睿智，反而處於令人深感折磨的緊張和狂喜中。

我們會像小鳥那樣，在女人的光焰裡神魂顛倒、盤旋飛舞。小鳥會在枝繁葉茂的隱蔽處尋求庇護，我們也會遁入愛人的皺紋、笨拙的動作和不太引人注目的缺陷中，它們令人感到踏實、安然而自在。

路人都不會猜到，正是在這個地方，在有缺陷和易受指責的地方，愛戀的飛矢正中紅心。

12・建築工地

許多教育家像老學究一樣，不斷苦思，要製造出適合兒童發展的教具、玩具或書籍，不過這太愚蠢了。自啟蒙運動以來，這種討論便一直是教育工作者的迂腐空想。他們對心理學太過熱衷，所以看不到世界上充滿許多有趣又好玩的物品。

它們獨特無比，而且實實在在，孩子們尤其喜歡可明顯看出正在生產某樣東西的場所。建築、園藝、家務、縫紉或木工所產生的廢料深深吸引著他們。他們看到了物質世界所直接呈現的樣貌，而且是專屬於他們自己的。

在擺弄這些物品時，他們很少模仿大人們的做法，而是按照自己的遊戲規則，將不同的材料全新組合（但往往使人愕然）。由此，孩子們就創建出了自己的世界；大世界中的小世界。

有些人執意要為孩子們做點什麼，又不想用那個小世界裡的道具和工具去開啟門路，那麼大人心裡就必須懷有這個小世界的標準。

13．內務部

有些人敵視傳統文化，並固執地將個人生活置於某些新標準下，還想將之推舉為未來的社會法則。既然這些規範還未落實，所以他們自認為有義務先去實踐。

另一方面，有些人懂得按照自己所屬的階級或傳統文化去行事，卻會刻意區分他的私生活以及在公開場合所恪守的行為準則。他們會暗自看重自己的公開行為，以印證自己所信奉的準則有至高的權威；對於這種矛盾，他們絲毫沒有良心不安。

自由派的社會主義者與保守派政治家的區別就在此。

14 · 旗幟

送別的人是多麼容易受到愛慕啊！他們在輪船或列車的窗外揮動圍巾，離去的人因此內心燃起了純潔的熊熊火焰。漸遠的距離像顏料一樣浸入離去者的心田，使他沉浸於內心隱隱的思緒中。

15．降半旗

親近的人離我們而去後，在緊接著的幾個月裡，我們便會漸漸發現，想與他分享的事情會一一出現。最後，我們用一種他已經不再理解的語言向他致意。

16 · 全景幻燈

綜觀德國的通貨膨脹

I

德國人的日常生活是由愚笨和膽怯組成的，當中有許多慣用語，有一句話值得省思，在大難臨頭時，我們總是說：「情況不會一直如此」。

布爾喬亞固守著幾十年來形成的安全和財產觀念，所以才沒有覺察到，當前的穩定狀態，是一種值得關注的新發展。

他們從戰前的穩定狀態中嘗到了甜頭，因此堅信，不穩定的狀況會令他們失去財產。

但是，穩定不一定會令人感到愉快舒適。對於戰前的某個社會階層而言，穩定就是煎熬。衰敗也是種穩定狀態，興盛反而令人驚訝。唯有承認當前的穩定就是衰敗造成的，才能理解為何我們會對每天重複發生的事情感到倦怠和困惑。唯有如此，我們才會將救贖看成是不可思議的奇蹟。

中歐地區的各個族群就像被圍困在城堡裡，已彈盡糧絕，而根據常理推測，外人也難以解救。在這種情況下，居民就必須認真考慮投降，或許會得到敵人的赦免。但是他們覺得自己所面對的無形力量不容交涉，只能消極、絕望等待最後一波反攻。那是非同尋常的動作，唯有如此才能突圍。毫無怨言、全神貫注地企盼，或許真能喚出奇蹟。而我們也正與包圍自己的力量進行神祕接觸。

相反，那些認為「情況不會一直如此」的人，終有一天會得到教訓。個人和集體所遭受的苦難當然有個盡頭，到那時事情就不會更糟了，因為全部都已毀滅了。

II

有趣的矛盾：人在行動時腦子只想到狹隘的私利，可是平常的一舉一動又會受大眾習性的制約，而後者總是錯誤百出和脫離現實。

無數的軼事都談到，動物大多有種原始的直覺，在還看不見的危險逼近時，能找到逃避的方式。不過在由盲從大眾所組成的社會中，我們連身邊的危險也覺察不到。每個人的志趣不同，在面對決定性的力量時，便會茫然不知所措。每個人只盯著自己微小的福祉，無意識地去追求它們，卻沒有動物的原始直覺。

事實一次又一次表明，人們是如此依賴熟悉但早已過時的生活方式，所以在遭遇可怕的險境時，就無法運用天生具備的智力和預感。他們只保留愚笨的一面，智力衰退、沒有自信，又缺乏攸關生命的本能。這就是德國布爾喬亞的整體狀態。

III

但凡較親密的人際關係中，都一定會出現某種令人難以忍受卻無以克服的情形，導致關係無法再繼續下去。

這時，萬惡的金錢處於生命的關鍵核心，導致所有人際關係都停止了。在自然與道德領域中，人與人之間那不假思索的信任、生活的寧靜和健康都漸漸消失。

IV

人們習慣公開展示自己有多悲慘，這不是沒有道理的。在憐憫的法則下，展示慘狀會成為德行，而深層苦難的微小部分會露出來。這種展示會喚起旁觀者的憐憫心以及對自己安全狀態的沾沾自喜（這是種可怕意識），而最嚴重的是會引起他的羞恥感。

在德國大城市裡，饑餓迫使不幸的人靠他人的施捨生活，而匆匆走過的人則試圖用鈔票掩飾社會造成的傷害。在這樣的地方生活是不可能的。

V

「貧困不可恥。」

沒錯，但貧困使窮人更卑微，而且我們還用那句話去安慰窮人。大家以前都相信那句老掉牙的話，但它早就過時了，跟蠻橫的警語「不勞動者不得食」一樣。

用工作賴以糊口的人們，若身體有殘疾或碰上其他不幸的遭遇，那貧窮就不可恥。但是，千百萬生來就貧窮的人民，卻活得很卑微。骯髒和貧困像圍牆那樣在他們四周高高升起，那是由看不見的手築起的。

男人總能獨自而默默地面對苦難、忍受生活的不順遂，但若被妻子看到自己的無奈，他就會感到很羞愧。因此，只要掩飾一切，人就能忍受許多困苦。但是，當貧困像巨大的陰影降到同胞和家人身上時，我們就很難安於貧困了。這時，人們對於每次受到的恥辱都會十分警覺。在自我要求下，我們不再把苦難當成走向悲痛的下坡路，而是奮起的反抗之路。

但是，報紙雜誌每天、每小時都在談論命運有多無情、多殘忍，空洞地陳述造成不幸的前因後果。而人民絕對不會從苦難走向反抗之路，因為他們看不清操控自己生命的黑暗力量。

VI

外國人只要粗略瞭解德國人的生活方式，或前來旅行，就會發現德國人很怪異，甚至不亞於神祕的原住民。

有位很有見地的法國人說過：「德國人很少認清自己，就算有朝一日明白了，也不會說出來，或至少會說得不清不楚。」

世界大戰加深了這個令人不快的事實，這不光是出於德國人傳說中或真實中的暴行。在歐洲人看來，德國會處於孤立狀態，是因為外人無法理解他們的粗暴態度，而德國人也沒有意識到自己被它操控了。在大環境、貧困和愚昧等因素的影響下，德國人完全聽命於集體力量，正如原住民的生活完全受制於部落的規範。因此，歐洲人都認為，跟德國人打交道好像在面對南非野蠻的霍屯督人（Hottentot）一樣（這種說法確實有其道理）。

在歐洲人的所有特性中，最具代表性就是鮮明的幽默感。正因如此，個人才會尋求自己的生命道路，以遠離被迫置身其中的集體生活，但德國人完全喪失了這種特性。

VII

如今，談話的自由已經消失了。以前人們在交談時，理所當然地都在關心對方，現在只會討論鞋價或傘價。

不可避免地，每次閒聊都會涉及生活狀況和錢。這麼做不是為了在碰到麻煩時能彼此相助，也不是為了做社會觀察，而是像被抓進了劇院，不管自己願不願意，都得看臺上的演出，還要思考劇情、與人討論一番。

VIII

有些人不願面對社會衰退的現實，所以總是毫不遲疑地在辯解，為何他要流連於現世的活動、涉入混亂的世道。對社會的普遍問題，他提出了許多見解，但對於自己的活動範圍、居住地和事件的時間點，他又舉出許多例外情況。因此，盲目的意志大獲全勝；人們寧願挽回個人的社會聲譽，也不願客觀地看清這種虛名的無力和困境，或至少遠離集體的幻覺。

當今世界充滿了各種人生理論和世界觀，它們所向披靡，是因為人們總是用它們來支持完全沒有意義的個人境遇。

因此，當今世界充滿了幻景與海市蜃樓，彷彿一夜之間繁榮的未來會降臨。每個人都被自己封閉的立場所限，因而產生錯覺。

IX

被圈在這個國家裡的人，都看不見人性的輪廓，還認為自由人都是怪胎。

想像一下高聳的阿爾卑斯山，若映現其輪廓的不是天空，而是一塊層層疊起的黑色帷幕，那龐大的山體看起來就模糊不清。就這樣，德國的天空也被厚重的帷幕完全遮住了，即便連偉大人物的側影我們也看不清了。

X

溫馨感從事物中消退了；日常事物和緩但堅定地抗拒人們的接觸。

總體而言，人們每天付出巨大的辛勞，才能跨越這些事物與自己間接或直接的對立。人們用自己的溫暖來應對它們的冷漠，才不至於被它們凍僵。人們必須有技巧地觸摸它們多刺的外形，才不至於破皮流血。

我們並不期待會從旁人身上得到幫助。公車售票員、公務員、工匠和售貨員都感覺自己在從事某種難以駕馭的事務，所以都粗魯地在展現它們的危險性。

事物在衰退，就像人類的衰敗一樣；它們以此懲罰人類，連這個國家也參與其中。在德國，春天一直沒有出現，而且這只是自然環境變糟的無數現象之一。

人們就生活在這個糟糕的大自然中。在這個國度裡，每個人都能感受到自己所承受的大氣壓力，而這是違反自然定律的。

XI

人的任何遷徙，無論是出於精神或生理上的衝動，都會受到外部世界的阻礙。住房短缺、通勤費用提高等問題，都徹底消滅了歐洲最基本的自由象徵：遷徙自由。

早在中世紀，這個跡象就出現了。以前的人被迫要與大自然有緊密連結，現在人們則被鎖鏈在人為的共同體中。

遷徙自由被遏制後，人們對漫遊的狂熱反倒失控地蔓延開來。矛盾的是，如今交通工具獲得大幅度的發展，但遷徙自由卻不斷地在限縮。

XII

在勢不可擋的混合與汙染過程中，所有事物都會失去固有的特性；它們的本質會被模糊性所取代。

大城市本來有種力量，可以使人感到穩定以及有安全感。在裡面活動的居民宛如被圈在城堡裡一樣，能感受到某種平靜；城市提供了水平的視野，令人們不再意識到蠢蠢欲動的自然力量。

可是，某些正在侵入的景象正在破壞城市的各個角落。那不是自然現象，而是在奔放的大自然中最令人感到痛楚的東西：翻耕過的土地、大馬路和再也沒有晚霞包裹的夜空。即便繁華地段也令居民有不安全感，彷彿走入捉摸不定、恐怖的境地，他們必須面對曠野中孤零零的建物以及都市建築的怪胎。

現今社會所製造的物品，已不再對貧人與富人一視同仁。每一物品都打上其擁有者的印記，此人不是窮光蛋就是暴發戶。

而真正的奢侈應該帶有知性和社交的色彩，且令人忘記這是種奢侈。可是，現代人卻是肆無忌憚地成批展示自己的奢侈品，且其中已不再閃爍任何知性的光澤。

許多古老的民族習俗都在提醒我們，在領受大自然與大地之母的豐富恩賜時，應當謹防貪得無厭，因為我們無法回贈任何東西。

因而，在接受時應該要表現出敬意；在據為己有之前，還要從自己已得到的東西中還一部分回去。傳統的奠酒儀式就是在展現這種敬意。同樣地，禁止撿起遺留的麥穗或掉落的葡萄，這也是在傳遞古人的智慧；讓它們回歸並滋養土地，回到造福於後代的先人那邊。

雅典有個禮俗，不許拾起餐桌上掉下的麵包屑，因為它們屬於英雄。若社會陷入困境和貪婪，因而蛻化變質，就會一再向大自然索取和掠奪，那時土地將變得貧瘠，也不會有好收成。人們不該為了獲得更高的利潤，將未成熟的果實搶摘下來，也不應為了吃飽撐足，將桌上的每只盤子掃蕩一空。

17．地下挖掘工程

夢中，我看見一片空曠地帶，那是威瑪的市集廣場，有人員正在進行挖掘工作，我也加入了。這時，一座教堂的尖頂露出來了。我十分高興地想，那可能是前泛靈論時期的墨西哥神殿、遠古時期的墨西哥教堂。我笑著從夢中醒來。

18·為謹小慎微女士服務的男理髮師

某日清晨，柏林「選帝侯大道」附近有三千名女士和先生被當局不由分說地在自家床上被逮捕了，還被關押了二十四小時。約午夜時分，死刑調查表被分發到各個牢房，每個人都要填寫並簽名，表示自己傾向接受哪種處決方式。

在這種情況下，當事人只好自發性地憑良心、就當前所知來完成此問卷。可是在天亮前，執行方式就會確定了；在古代，這個時辰是神聖的，如今卻被國家被獻給了劊子手。

19 · 注意臺階！

寫一篇好散文要經過三個階段：構思時如創作音樂一樣；搭建架構時如蓋房子一樣；下筆時如編織衣服一樣。

20．宣誓就職的審計員

這個時代與文藝復興時期有許多鮮明的差異處，它甚至與發明印刷術的時代也截然不同。不管是不是巧合，印刷術在德國出現的時候，「書籍」這個詞獲得顯赫的意義，因為路德翻譯了書中之王《聖經》，並且成了德國人的文化珍寶。而現在，所有跡象均表明，傳統的書籍已開始走向末路。

法國詩人馬拉美的作品有晶體般清晰的結構，這明顯是傳統的寫作風格，但他從中看到未來寫作的樣貌。在〈擲骰子不會改變偶然〉一詩中，他首次將廣告的圖像風格融入到書頁上。後來，達達主義者進行文字試驗，但不是改變結構，而是經由文人精密的神經反應，所以其持久性遠不如馬拉美由內在風格發起的改革。馬拉美在隱居斗室裡所做的努力，在當代具有重大意義，因為他與當時的經濟、科技和公共生活方面等重大事件有所連結，就如同在萊布尼茲的哲學中，「單子」與萬物有所謂的「前定和諧」。

文字曾在印出來的書中找到避難所，在那裡保持自主的存在。而如今，它卻被廣告無情地拖到大街上，在混亂的經濟世界裡接受殘酷他律的管轄。嚴格說來，這是為了培育文字的新形式。幾百年前，文字開始進入漸漸躺下的過程，從豎式的刻印文字到斜面書桌上的手寫體，接著在印刷書籍中臥床長眠，它現在又慢慢從靜躺中站起。

早在報紙出現後，人們就喜歡豎著看文字，而電影和廣告則蠻橫地迫使文字立正站好。現代人在打開書本閱讀前，就已四處看到鉛字字母，它們變化多、色彩繽紛且彼此不協調，所以幾乎沒機會感受書中遠古而寧靜的字句。蝗蟲般的印刷文字如今已遮蔽了都市居民的知性之光，而隨著商業活動的成長需求，它們會一年一年地更加密集。

卡片索引讓文字在三維空間中無所不在，令人驚異的是，文字還在萌芽時，神祕符號與結繩紀事也具有三維特性。就當今學術的生產方式來看，書籍已成為兩套卡片索引系統間過時的媒介。所有重要的資料都可在某些研究者所寫的卡片箱中找到，而查閱它們的學者又將其收入自己的卡片索引中。但毋庸置疑的是，文字的發展不會被束縛於混亂的學術標準和經濟活動中，而且數量會接近質的改變；深入於新奇主題與圖象世界中的文字，會馬上具有實實在在的內容。

詩人若想要像遠古時期的創作者那樣率先成為文字專家，就要趕快加入圖像文字的世界。不用費很大的力氣，他就能掌握構成這新世界的新領域，包括統計和技術方面的圖表。隨著國際通用文字的創立，詩人們就能重新樹立自己在大眾生活中的權威，並準備擔當某種重要的角色。

相比之下，若還有人打算從修辭學中找尋創新的靈感，那想必只是古人的白日夢而已。

21 · 教學用具

寫出鴻篇巨制的原則以及創造磚頭書的技巧：

01 寫作不間斷，從主旨不斷發想豐富的文句與語詞。

02 使用概念和術語時，必須恪守其定義，不能隨意亂用。

03 在正文裡費盡心思闡明的概念，在相關的注釋中就不用再說明。

04 對於在一般意義上提及的概念，必須舉例，比如提到機器，就應當列舉出所有種類的機械。

05 先驗上具有客觀含義的東西，都必須用大量例子來證實。

06 用圖形表示的關係一定要再用詞語去闡明，比如親屬關係都必須加以闡釋，而不只是放個樹狀譜系圖。

07 對於持有相同論據的論敵，要一個一個地駁倒。

如今，學者們的典型之作都會被當成目錄來閱讀，但何時人們會像寫目錄那樣去寫書呢？若一本書不足的內容會反映在形式上頭，一部傑作就不用強調它的賣點，其觀點的價值就會自然顯露出來。

若排版樣式能準確地配合著作的內容，作家的手就會遠離筆，而更常使用打字機。那時，我們將會需要新穎而多變的字型系統，只要在打字機上下指令就能取代手寫。

曾經有個時期，文人都按詩韻規則寫作，對不協調的地方死死不放；可想而知，美麗的篇章就這麼出現了。之後，光束穿越牆上的裂縫，射進了煉金術士隱居的小屋，並使結晶體、球體和三角形閃閃發光。

22．德國人喝德國啤酒！

在強烈憎恨精神生活的驅使下，下等人透過報數找到了消滅精神生活的武器。只要一有機會，他們就排成行列，按照行軍方式擁向一排連著一排的炮火，而且進百貨大樓也是如此。隊伍中的每一個人只能看到前面人的後背，每一個人都以作為身後人的榜樣為榮。

幾百年來，男人們在戰場上一直如此，但是，將貧困展現出來的排隊卻是女人們的發明。

23．禁止張貼！

作家寫作技巧十三則

01 每個打算寫大作的人都應該善待自己，每寫完一點，都不要克制自己任何繼續寫的念頭，只要不會有負面的影響就好。

02 如果你想談談已寫完的部分，那是可以的，但是不要將這些段落讀給別人聽。你由此獲得的每次滿足都會妨礙你的寫作速度。遵循這個原則，「說給別人聽」的欲望越積越多，最終就會成為圓滿完成作品的動力。

03 進入寫作狀態時，要避免接觸日常瑣碎的事情；帶有細細聲響、不完全寧靜的狀態最令人難以忍受。相反地，蕭邦或李斯特的練習曲或工作時發出的嘈雜聲，與深夜感受到的寧靜同樣有效；後者使內在聽覺變得銳敏，前者是語詞的試金石，足以蓋過外在的聲響。

04 不要隨意改變自己的寫作工具，長期使用同一種稿紙和筆墨是有好處的，而且要備妥足夠的分量。這不是奢侈。

05 別讓你的任何想法和思緒隱姓埋名地流逝，在小本子裡仔細記錄，就像當局調查外國人的身分那樣嚴格。

06 讓你的筆在靈感面前保持矜持，因為後者會產生磁力，將筆吸引到自己身邊。對於突然想到的東西，不一定要馬上寫下；保持審慎的態度，它們就會以成熟的樣態走向你。演說征服思想，但文字統治思想。

07 就算你沒有什麼可寫，也千萬不要停止寫作，這是取得文學成就的戒律。除非到了必要的時刻（如進餐、約會）或者在作品完成時，才可以中止寫作。

08 工整地抄寫已寫好的東西，以填補靈感暫缺的空白，直覺將會在此過程中甦醒。

09 每天至少寫一點，若干星期再寫也可。

10 通宵達旦創作的作品才有可能完美。

11 不要在你熟悉的書房裡寫結尾，可能會找不到寫完的勇氣。

12 寫作的幾個階段：發想、確立風格、下筆。完成後，重新謄寫時，重點在於字要寫得清楚和漂亮。記住，想法會終結靈感、風格會束縛想法、下筆就是提取風格。

13 完成的作品就是「構想」死去時的面容。

24 · 十三號

「十三這個數字，每當我碰到它，都有一種無以抵禦的快感。」——普魯斯特

「封得很嚴實的一本書，還沒有人打開過。它等著成為流淌鮮血的祭品，就如以前書籍一樣。只要插入一把裁紙刀，就能佔有它。」——馬拉美

01 書和妓女都能帶上床。

02 書和妓女都會把時間搞亂。她們將夜晚當白天，將白天當夜晚。

03 從書和妓女的外表看來，分分秒秒的時間好像不是很珍貴。但是，只要與她們親密接觸後就會發現，她們非常性急。在我們深入她們的體內時，她們便開始計時。

04 自古以來，書和妓女就陷入了對彼此的苦戀中。

05 書和妓女都有各自的男人；她們靠這些男人過活，也會逗弄他們。書籍的男人是評論家。

06 書和妓女都是公共服務，尤其是針對學生。

07 佔有過書和妓女的人，皆很少目睹她們的結局。她們都努力在凋零之前自行消失。

08 書和妓女都喜歡揑造自己的經歷。實際上，她們連自己也沒有搞清楚這一點。曾幾何時，她們年復一年地「隨心所欲」。有朝一日，她們卻挺著肥胖的身軀站在街頭兜客，而人們只為「研究生命」才在她們身上逗留。

09 書和妓女都喜歡在出場時轉過身去。

10 書和妓女都有無數後代。

11 書和妓女，「老偽君子和年輕娼婦」，多少曾經聲名狼藉的書籍如今成為年輕人的指引。

12 書和妓女都會當眾爭吵。

13
書中的註腳就像是妓女連褲襪裡的鈔票。

25・武器與彈藥

我來到里加，想見一位女友。她的房屋、她住的這座城市和這裡的語言，我都不熟悉。沒有人期待我來，也沒有人認識我。我獨自一人在街上走了兩小時。就這樣，我最終還是沒見到她。

於是，每家大門口都噴射出一道火焰，每塊牆角石都迸出火花，每輛有軌電車都像消防車一樣疾駛而來。是的，她很可能正從某扇大門走出來，拐過牆角，坐上了電車。

可是，無論如何，我都必須搶先看見對方。否則，假如她那導火線般的目光先碰到了我，我就會像彈藥庫一樣爆炸。

26・急救

多年來，我都會繞開一個街區；那裡的街道彎彎曲曲纏繞在一起，就像一張網。

可是，當某日我愛過的人搬到那裡居住時，這個街區就突然變得明亮開闊起來，彷彿那人的窗戶上安放了一架四處投射光線的探照燈。

27・室內裝飾

短論（Traktat）是一種阿拉伯文體。從表面看，它不分段、也不顯眼，宛如阿拉伯建築的正面一樣，只有在內庭才看得出其結構。

因此，短論的層次從外表看不出來，只有置身其內才能欣賞。即便短論由章節構成，也只有數字而無標題。論述的表面不像圖畫那麼活潑，更確切些說，它上頭覆蓋著綿延不斷的紋飾，主題論述與補充說明的區別就不復存在了。

28 · 紙張和文具

地圖

我認識一個神經兮兮的女人。在我熟記的供應商名單上、我保管檔案的地方、我朋友和熟人的住址以及某次幽會的地方，她都覺得上頭黏附著政治概念、口號、宣言和命令。

她生活在一個充滿暗語的世界裡，居住在充斥密謀和行話的街坊；其中每條小巷都顯出鮮明的色彩，每一個用語都繚繞著戰場廝殺的餘音。

願望清單

「讓一根蘆葦出頭吧，世界會更美好；願可愛的詞句，從我羽毛筆管湧出來！」這是緊隨著「受祝福的渴望」（Blessed Longing，編按：這也是歌德的詩作）而來的，就像貝殼張開、珍珠就會跟著滾落。

放在口袋裡的袖珍日曆

對北歐男人來說，這一點最能標識出他們的特色。當他們愛上某個女人、在上前表白前，無論如何也要先獨處一下，以獨自審視這樣的心跡，好好感受一番。

鎮紙

協和廣場：方尖碑。

四千年前刻下的文字，今天依然隨著石碑矗立在城市最大廣場的中心。假如埃及的法老王當年能預見這個場面，一定會有莫大的成就感！在西方文化最鼎盛的帝國，其廣場中心居然有他的石碑，且上頭銘刻他的政績。這種榮耀會帶來怎樣的光景呢？

事實上，路過者數以萬計，但沒有人駐足停留過；就算有，也沒有人能讀懂上面的銘文。透過這種方式，榮耀兌現了它的承諾，而沒有任何神諭比它更狡獪。這座永垂不朽的方尖碑聳立在那裡，管理著周圍川流不息的心靈，而豐碑上的銘文對任何人都沒有用處。

29・時髦服飾用品

骷髏頭的表達方式無與倫比：它漆黑的眼窩完全沒有表情；兩排牙齒吻合，又是最瘋狂的尖笑表情。

有個人感到自己被遺棄了，於是拿起一本書，猛然發現他要翻看的那一頁被剪掉了。於是，一種痛楚的感覺油然而生：就連那一頁也不要他了。

禮品必須讓受贈者有深深觸動，甚至於感到震驚。某位受人尊重、有教養並優雅的朋友送我一本他的新書，我正要翻看，卻驚訝地發現自己正在拉好領帶。

注重社交禮節但時常撒謊，就像外衣穿著入時、但沒穿襯衣。

從菸頭冒出的煙與從筆尖流出的墨若能輕盈直上，就是寫作生涯的悠閒境地。

幸福就是能認識自己而不感到驚恐。

30・擴展

閱讀的孩子

有人從學校圖書館給他一本書。低年級學生的書都是被分發的。學生們偶爾才敢表達心願。看到自己渴望的那本書落在了別人手裡，他們經常會心生嫉妒，但最終還是會得到自己想要的那本。

於是，整個一周，他完全沉浸在書本的文字裡；它們像雪花一樣輕柔而神祕，但不斷落在他的周圍。人們懷著無比的信賴走進這些文字；書中的寧靜越來越吸引人！其實，它的內容並不怎麼重要，因為人們是在床上自己編故事時讀它的。孩子們會跟著故事中影影綽綽的小路走去。

閱讀的時候，他堵住耳朵，把書放在一張過高的桌子上，而一隻手總是放在書頁上。他能在文字的漩渦裡讀出英雄的歷險故事，就像在飄落的雪花中看出圖案和訊息。他與那些事件一同呼吸，而當中的人物也跟著一起呼吸。他比成年人更能融入到那些人物中，也不知不覺地被故事情節和千變萬化的詞語吸引住。

當他站起身時，身上蓋滿了一層層由閱讀過的詞語組成的雪花。

遲到的孩子

由於我的緣故，學校內院裡的那個鐘看來壞了，它停在「遲到」上。

我輕手輕腳慢慢走過走廊，一些教室的門後傳來默默支持我的喃喃自語聲。門後的教師和學生都是我的盟友。忽而，一片沉默，彷彿人們知道有個人會出現。我沒發出一絲聲響地扭動門把手；陽光直射到我站著的那個地方。

我走了進去，也打破了自己的寧靜時光。裡面好像沒人認識我，甚至也沒人見過我。就像在某部小說中，魔鬼抽去了彼得．施勒米爾（Peter Schlemihl）的影子一樣，老師在這堂課開始的時候就把我的名字沒收了。整整一堂課都沒有輪到我發言。我不出聲地與其他人一同學習，直到下課鈴響。但這並未給我任何好處。

偷吃東西的孩子

在一個並未開著的櫥櫃前，他的手硬是要往門縫裡擠，就像戀愛中的人一樣，不顧一切、穿行於黑夜中。這隻手進入漆黑一片的櫃子後，就會去搜索糖果、杏仁、葡萄乾、果醬或蜜餞。

正如戀人在吻女友前都要先擁抱她，這個孩子在品嘗甜食前，也要先用手觸摸，與它們幽會一番。這麼一來，那些蜂蜜會甘願奉獻自己，而成堆的小葡萄乾、米飯也會溫順地進入他的手中。

手與這些食物無須勺子就能直接碰觸，這是多麼富有激情。櫥裡的草莓醬無須塗在麵包上，它就像被從教養院拐走的女孩一樣，狂野、感激、心甘情願地由孩子擺布和品嘗；就連奶油也溫柔地面對這位大膽闖入閨房的求愛者。

他的手，如同年輕的唐璜，不一會兒闖遍所有的方格和空間，留下了層層湧動的溪流：純潔的少女無怨無悔地經歷了新生。

乘坐旋轉木馬的孩子

木板緊貼著地面轉動，而上頭是可騎乘的動物，其高度最適於激發飛行的幻想。音樂響起，孩子騎在木馬上，上上下下地離開母親。

起先他害怕離開媽媽，但沒過多久，就發現自己蠻堅強的。他像個威嚴的統治者，安然高坐在他的王位上。周邊的樹木和行人則是列隊夾道歡迎。

這時母親又出現了，出現在孩子的東方國度裡。接著，叢林中冒出了一根樹梢，這孩子坐在木馬上望過去，像是數千年前曾見過一般。坐騎對這孩子很有好感，而他就像一言不發的希臘詩人阿里翁，騎在安靜的魚的背上，又像宙斯那樣，變成公牛劫走了純潔無瑕的腓尼基公主歐羅巴。

「萬物周而復始」，孩子們早已擁有這樣的智慧，而其生命充滿著原始的征服狂熱；隆隆作響的自動風琴聲，就宛如此中心的王冠珠寶一樣。

隨著樂聲緩緩放慢，四周空間一上一下地晃動起來，樹木也恢復知覺，旋轉木馬則變成了不安全的地板。母親出現了，孩子從木馬跳到地上，凝視著繩索被纏繞在釘得結結實實的木樁上。

不愛整齊的孩子

他發現的每塊石頭、採摘的每朵花和捕捉到的每隻蝴蝶，都是他的收集品；在他心目中，這些都是獨一無二的收藏。

在他身上，這種熱情是如此純粹，而他的眼神如嚴謹的印第安人一樣；只有在古董商、學者和藏書狂的身上，才有如此憂鬱、瘋狂和炙熱的目光。

他還沒有真正進入生活，就已經是獵人了。他追逐著萬物的靈魂，在事物上嗅到它們的蹤跡；他的歲月就在靈與物之間度過。他的視野始終跟常人不一樣。

人生如夢，他知道沒有任何東西是亙古不變的。他什麼都碰到了，在他看來，那些都是命裡注定的。他的漂泊歲月就是在夢中的森林裡遊蕩。

他將戰利品拖回家裡，將它們洗淨、固定好，使它們不再具有魔力。他的抽屜成為武器庫、動物園、犯罪博物館和殉教者的墓穴。

因此，「整理」就會毀了這座寶庫，裡面有帶刺的栗子（就像尖銳的兵器）、錫箔（就像銀子）、木塊（就像棺材）、仙人掌（宛如圖騰）以及銅板（宛如盾牌）。這孩子早就開始幫母親清理衣櫥、幫父親整理書架，而在他自己的冒險園地，他依然還是個不安分又好鬥的訪客。

捉迷藏的孩子

他已經知道這間公寓裡的所有藏身之處，回到那些地方，就如同回到表面如常的住所一樣。而現在他的心劇烈跳動著，他屏住呼吸，被物質的世界圍得嚴嚴實實。對他來說，這物質世界因為太清晰而變得可怕，而且不聲不響地與他靠這麼近；正如準備受絞刑的人才會意識到繩子和木頭的觸感。躲在門簾後面，這個孩子變成了飄動的白色幽靈；躲在餐桌下面，他變成了神廟裡的木製神像，而那有雕飾的桌腿，便是支撐起神廟的四根樑柱；躲在一扇門後面，便跟它融為一體；他把這扇門當成沉重的面具，戴起來後，他就成了超凡巫師，不知內情的人一跨入門檻，就會被迷惑。

他必須不惜一切手段避免被人看見。他做鬼臉時，人們會對他說：「只要鐘一響，你一輩子都會是這張臉。」他在藏身之處明白了其中的奧妙。誰發現了他，誰就能將他奉為桌面下不動的神像，或將他當作鬼魂織入門簾中，甚至將他逐入沉重的門裡，永不得離開。

所以，如果被搜尋者發現自己的蹤跡，他就會大聲叫喊，以驅走自己身上的魔鬼。有時出於自救，他會搶在被發現前大喊一聲。他不知疲倦地同這個魔鬼抗衡，而整間公寓都是他的面具寶庫。

然而，每年一次，在那神祕的地方，屋中所擺設的那空空眼窩以及張開不動的嘴裡，都會藏有禮物。這種讓人著迷的體驗於是會變成知識。這個孩子就像工程師一樣，掀去了父母那陰沉沉公寓的魔法，尋找著復活節彩蛋。

31 · 古玩

獎牌

美是直觀的，因此，找理由去指稱的「美」，會給人似是而非的感覺。

轉經筒

只有心中的印象才能增強意志。相反地，詞語至多只能激起意志的熱情，使它不要枯萎。有精確而生動的想像力才有完好無損的意志；沒有神經支配，想像力就無從談起。而呼吸能精妙地調節神經支配，有規則地發出聲響就是個原則。在瑜伽、冥想等活動中，修行者都要按照神聖的節律來呼吸；它們超凡的效力就來自此。

古代的勺子

有件事要留給偉大的史詩作家們去做：餵養他們筆下的英雄。

舊地圖

在愛戀中，大多數人尋找永恆的家園；另有一些極少數的人則尋求永恆的航行。後者多愁善感，都不願與大地母親接觸。若有人能使他們遠離家園的沉痛，他們就會忠心耿耿地跟著那個人。從中世紀的面相學書籍來看，這種人渴望遠行。

扇子

下面的經驗人們都很熟悉：當你墜入愛河或傾心於某人時，必會在每本書中見到對方的臉龐。

是的，他是正面人物又是反面人物；他在短篇故事、長篇小說和中篇小說中不斷地改變形象。

由此可見，想像力就是能進入無限小的事物中，並在每種強度上擴大範圍，以包含緊實又充實的內容。簡言之，就是吸收每種印象的能力，像扇子上的畫一樣，只有在展開時，那幅畫才能獲得生氣；漸漸展開時，愛人的容貌才會在扇子中心呈現出來。

浮雕

某人和他所愛的女人在一起，與她交談。離開她幾周或幾個月後，與她談論過的東西重新浮現在心裡，但卻則顯得平庸、俗華而沒有深度。

這時他明白，正是出於愛，她才會關注並熱愛這些話題；她的想法就像浮雕那樣，在皺褶和縫隙中展現生命力。

但若像現在孤自一人，想法就會平躺在知識的光照中，沒有任何慰藉和遮掩。

裸體軀幹雕像

你的過去是衝動與需求下的畸形產物，瞭解這一點後，你就能在當下充分活用過去的經歷。

你所經歷過的事情，就像是在運送過程中摔掉四肢的美麗塑像。現在，它無疑是珍貴的石材，你能用它來雕出自己未來的形象。

32 · 鐘錶與金飾

若你在早上醒來後著裝出門散步，還看到日出，那麼在那一整天，你在他人面前就有種自足感，彷彿像被悄悄加冕一樣。日出將你帶到工作中，到了中午時分，你就會覺得彷彿為自己戴上了皇冠。

書的頁碼一秒一秒地流逝，就像懸掛在小說人物頭上的生命之鐘，匆匆向它一瞥，總令人不禁生畏。

我夢見自己參加了新創設的私人導覽行程，並與羅特親切地交談。我們走過寬敞的展廳，而羅特是這座博物館的負責人。

接著他在側廳同一位職員談話，我走到一個玻璃展櫃前，裡面陳列著一尊和真人差不多大小的半身女人像，與藏於柏林博物館的芙蘿拉女神有點像，旁邊還散放著一些鑲金屬的小物品，並暗暗地反射出光澤。那金腦袋的嘴張開著，下排牙齒上擺放著裝飾品，它們一部分垂到了嘴外，並等距地分散開來。我毫不懷疑，那是一座鐘。

夢的主題：害羞；俗話說，早起的鳥兒有蟲吃。「披著一團烏黑濃密的頭髮，戴著昂貴的首飾，像躺在床頭櫃上的毛茛。」——波特萊爾

33 · 弧光燈

想要瞭解這個人，唯一的方法就是不抱希望地愛著他。

34．內陽臺

天竺葵

相愛的兩人最眷戀的是他們的名字。

加爾都西會的康乃馨

在愛人的眼中，被愛的人好像總是那麼孤獨。

常春花

在被愛的人身後，性欲的深淵會合上，就像家庭的深淵那樣。

仙人掌花

心愛的人無理取鬧時，愛人會感到高興。

勿忘我

回憶往往會將愛過的人縮小看待。

觀葉植物

只要出現有礙團結的事，就拿出我們在年邁時對天倫之樂的那種祈望之情。

35．失物招領處

丟失的物品

看向某自然景色中的村莊或城鎮時，最初那一瞥總是無與倫比和不可復得：遠景一下子嵌入了近景裡。在此，慣性還沒有發生作用。只要搞清自己所處的位置，這樣的景觀就會一下子消失，就像我們踏進一幢房子時，對它立面的印象會突然消失。

在習慣性的探索活動中，景觀就不再具有震撼力。一旦搞清自己所處的環境，那最初的景象就再也不會重現。

找回的物品

那藍色的遠景沒有被任何前景吞沒，而且在你走近時也不會消失。在你走到它面前的時候，它並不顯得開闊和漫長，而只是顯得密集和具有威懾力。那是畫在舞臺背景上的藍色遠景，它使舞臺有無可比擬的氛圍。

36．最多只能停三輛車的計程車候客處

我在某處站了十分鐘等一輛公共汽車。「《反抗報》（*L'Intransigeant*）、《巴黎晚報》（*Paris Soir*）、《自由報》（*La Liberté*）。」身後一位賣報女用一成不變的聲調不停地叫賣著。「《反抗報》、《巴黎晚報》、《自由報》……」——我眼前出現了一個三角形牢房，三個牆角看上去都是空空如也。

我在夢中看到：「一座名聲不好的房子……一家寵壞了動物的旅館。在那裡，所有人只能喝那些動物喝的水。」

我在夢中聽到這些話後馬上吃驚地跳起來。原來，我在一間通亮的房間裡，在極度疲勞下，連衣服都沒有脫、就猛然倒到床上，幾秒鐘後就睡著了。

出租公寓裡迴響著放縱又哀傷的音樂，很難相信有人想演奏這種音樂；它只適合傢俱齊全的房間。每到星期天，都會有人坐在那裡陷入沉思，那冥想的思緒不久後便

會被這些音符所裝點，就像用枯萎的葉子點綴一盤熟透了的水果。

37．陣亡戰士紀念碑

卡爾．克勞斯（Karl Kraus）——沒有人比這位奧地利作家的信徒更淒涼，沒有人比他的對手更孤單，沒有一個名字如此適合以沉默來表達尊崇。

他像一尊中國神像，身著古代的盔甲，咬緊牙關、怒氣衝衝，雙手揮舞著出鞘的劍，在德國語言的墓穴前跳起了戰爭之舞。他以前跟眾多模仿者一樣，住在語言這所古老房子裡，但如今成了他們墓地的看管人。他日日夜夜守護著這個崗位，沒有人比他更忠心，也沒人比他更絕望而迷失。

這裡站著的作家，他與希臘神話中的達那伊德姊妹（Danaide）一樣，從同時代人的淚海裡取水，而從他手裡滾出的石塊，本應用來埋葬敵人，但卻與西西弗斯的石塊一樣滾回來。要他改變信仰，是令他最絕望的事。有什麼比他的人道精神更沒影響力的呢？他與新聞媒體的抗衡一點指望也沒有。對於與自己結盟的勢力，他應該也知道的不多。

可是，任何一位新術士的預言都比不上這位祭司所聽到的話語，就連一門死去的語言也能激發他的創作。迄今為止，沒有人像克勞斯一樣，用魔法在〈被遺棄的人〉一詩呼喚出靈魂，也沒有人創作出〈對精神的渴望〉這樣的詩歌。被召喚時沒有用的靈魂之聲以及來自地底深處的輕聲細語，都是他占卜時的材料。

那些聲音都無比真切，但也都像鬼神話語那樣令人無所適從。語言像亡靈一樣盲目地呼喚他去報仇，不過那些幽靈心胸狹隘、只認血親關係，它們的呼喚與人世間的煽動話語一樣。

但是他不會搞錯，它們所託付的事也不可能有錯。與他唱反調的人必會遭到審判：在他嘴裡，敵人的名字就是判決。他一張嘴，無色的智慧火焰就噴射而出；在生命道路上漫步的人都不會遇見他。

在遠古的榮譽戰場、巨大的血腥沙場上，他在一座荒蕪的墓碑前怒吼。他的死帶來無比輝煌的榮譽，那是他最後獲贈的榮耀。

38・火災警報器

許多人都誤解了階級鬥爭的觀念，它所指的並不是「孰勝孰負」的勢力抗衡，也不是勝者為王、敗者為寇的拚搏。如此的理解太浪漫了，掩蓋了它實際的意義。

無論資產階級是輸還是贏，它內在固有的矛盾都會令其走下坡路；在其發展過程中，這個矛盾將成為資產階級的滅亡因素。唯一的問題是：它是自行滅亡還是經由無產階級之手。三千年的文化會持續下去、還是走向終結，將取決於這個問題的答案。「這兩位鬥士將永遠爭鬥下去」，這個糟糕的假設不會與歷史發展相一致。真正的政治家懂得估算日期。在某個可預期的經濟和技術發展的特定時刻（其象徵就是通貨膨脹和毒氣戰爭），若資產階級還沒有被消滅，那麼一切就都完了。

要阻止爆炸，就必須在火花碰到炸藥前將燃燒著的導火線切斷。政治家的干涉措施、風險控管和應變能力是必要的技術，而不是俠義之舉。

39・旅行瑣憶

阿特拉尼（Atrani，編按：南義大利的古老村落）

緩緩上升、弧形的巴洛克式臺階一路通往教堂。教堂的後面是圍欄。老婦人們在「萬福瑪麗亞」的起首語開始冗長的念叨：準備進入死亡的第一階段。回頭一看，教堂就像上帝浮現於海面上。

基督的紀元每天早晨從岩石上開始，但在下面的牆垣間，夜色一再降臨於四個羅馬時代的街區。巷道就像是通氣孔。市集廣場上有一口水井，傍晚時分，女人們圍著它忙碌做事。隨後，在孤寂的氛圍中，遠古的潺潺流水聲出現了。

艦隊

碩大無比的帆船具有一種絕無僅有的美，除了它們的外形幾百年來保持不變，也因為它們出現在永恆不變的景觀中：海上。在天邊的映襯下，它們的雄姿更加突現。

凡爾賽宮的立面

這座宮殿好像已經被遺忘，彷彿在幾百年前，國王下令將它當作童話戲劇的布景，立了兩個小時後不管它。

如今，它沒有為自己留下由那位國王賦予的榮耀，而是將其完整地歸還給皇家。在這樣的背景下，皇家就成了舞臺，上演富含寓言的芭蕾舞劇，主題則是專制王權的悲劇。然而，今天它只剩下了這堵牆。人們尋找它的陰影，以便能欣賞勒．諾特爾（Andre Le Notre，編按：凡爾賽宮花園的設計者）所創造的視線，看向遠處藍天。

海德堡城堡

廢墟的殘跡高聳入雲。晴空麗日下，凝視的目光從窗戶裡或主堡邊上，邂逅過往的浮雲。遺址顯得格外美麗。天際的浮雲、轉瞬即逝的景色，這一流變恰恰映襯了那些廢墟的永恆。

塞維利亞王宮（摩爾人的宮殿）

這是一座按照幻想和衝動所蓋成的建築物，沒有任何實用方面的考量。那高高在上的房間只是為了夢想和慶典建造的，房間的主題除了跳舞就是沉寂；裡頭的紋飾是無聲的嘈雜，人類的活動因此都被蓋過去了。

馬賽主座教堂

在光照最充足、人跡最稀少的廣場上，矗立著這座天主教大教堂。雖然它腳下南邊就是拉·羅利埃特港（La Joliette），北面緊挨著無產者居住區，而此地卻是空無一人。

這座荒涼的建築物負責轉運看不見、摸不著的貨物，它就矗立在碼頭和倉庫之間。人們用了將近四十年建造它。然而，這座豐碑於一八九三年全部竣工，但那個時代和地方當局推翻了設計師和贊助者的原初設想，而用天主教教士的財富將它建成為一個巨大的火車站，但卻從沒有真正發揮用途。

從這座建築物的正面往裡望去，可以清楚看到裡面的候車廳。

一至四等車廂的乘客（儘管在上帝面前他們是平等的）將他們的精神財富塞進手提箱裡，坐在那裡閱讀讚美詩集。那些詩集有索引，按字母排列、整齊一致，很像國際列車時刻表。

列車搭乘指示就像牧函一樣掛在牆上，想乘坐撒旦豪華列車的話，還有特殊的折扣，供長途旅行者單獨洗漱的小房間也準備就緒，像懺悔室那樣。

這就是馬賽的宗教火車站，駛往永恆的臥鋪車在做彌撒時發車。

弗萊堡大教堂

對居民（以及駐足在此留下回憶的旅行者）來說，這座城市最獨特的氛圍，就是鐘樓在準點時發出的聲響。

莫斯科聖瓦西里大教堂

拜占庭的聖母瑪利亞懷裡抱著的只是木製玩偶，它與真正的嬰兒同樣大小。基督的幼年經歷只留下一些暗示和代表性事件，而聖母的痛苦表情非常強烈，比抱著真實的男孩更加有張力。

博斯科特雷卡塞（Boscotrecase）

在這個那不勒斯的小鎮，義大利五針松的森林非常典雅，因為它們的頂部沒有縱橫交錯的樹枝。

那不勒斯國家博物館

上古時期的雕像用微笑對觀賞者展現出自己的身體意識，就好像小孩給我們一把剛剛採摘還未整理的鮮花。後來的雕像面部緊繃，就像成年人用切割好的青草編織成持久的花束。

佛羅倫斯聖若翰洗者洗禮堂

洗禮堂的大門上有一尊皮薩諾（Andrea Pisano）的塑像「斯貝思」（Spes）。她坐在那裡，雙手徒勞地伸向搆不著的水果，而實際上她卻憑著隱形翅膀在飛動。沒有什麼比這更真實了。

天空

我夢見自己走出一幢房屋，映入眼簾的是夜晚的天空。野性的光澤從夜空散出。天空繁星密布，一幕幕景觀都是感官的饗宴。人們按照其形狀拼成星座，如獅子、少女、天平等。它們宛如一片稠密的星團直衝大地。不見月亮。

40 · 配鏡師

胖子在夏天較顯眼，瘦人在冬天尤為引起注意。

春天，在明媚的陽光下，人們關注幼小的新綠。在淒風冷雨中，人們看到的是還未長出新綠的禿枝。

一場晚宴是如何進行的，晚走的人看一眼茶杯、酒杯、菜盤和食物的樣子就知道了。

廣告宣傳的基本原則：把自己膨脹七倍；更常出現在自己看重的女人身邊，頻率要高出七倍。

我們透過眼睛看到的人更少了。

41 · 玩具

紙板模型

一排攤位木屋像搖晃的船那樣排在石頭防波堤的兩邊，而人群馬上擠進去。岸邊有帆船，桅杆高高聳起，並掛著下垂的三角旗；有蒸汽輪，煙囪還在冒著煙；還有駁船，上面裝滿了一排排貨物。

還有輪船，人一進去就消失在底艙，而且只允許男人進去，但透過艙口可以看到裡面女人的胳膊、面紗和頭上的孔雀翎。甲板上站著異鄉人，他們似乎想用怪異的音樂趕走眾人。但大家看來都不在乎！有人猶豫地向上攀登，邁著遲疑的步子在舷梯上搖搖晃晃；一到上面，馬上就一動不動，在等著船離開岸邊。

後來，那些不說話而謹慎行事的人又出現了，他們在染色酒精一會兒升一會兒降的紅色刻度上，揣摩著自己婚姻的到來與逝去。在刻度底端開始求愛的那位黃衣男子，到了刻度頂端便離開了藍衣女子。他們在鏡子中看到了腳下的大地被水沖走，於是便跌跌撞撞地越過晃動的舷梯上了岸。

船隊為宿營地帶來了喧囂：船上的女人和女孩都肆無忌憚，凡是能吃的東西都帶上了船，如同要去奢華的享樂世界一樣。人們被海洋隔絕，感覺到每件事物都是第一次也是最後一次遇見，所以海獅、侏儒和狗出現在船上，彷彿被帶進挪亞方舟一樣。為了一勞永逸，船上還有軌道，在環形的路線上，車廂一次又一次地穿越一個隧道。

這宿營地在這幾天內成了南海島嶼的港口，當地未開化的原住民帶著貪婪和驚奇，撲向歐洲人扔在他們腳下的東西。

靶子

各個遊樂場射擊攤位的景觀可以構成一部語料庫。

舉例來說，有些攤位以冰天雪地為背景，而當作靶子的白色泥煙斗成堆地向四周輻射開來。在一片模模糊糊勾勒出的林地前，畫著兩個護林人；正前方的活動布景是用油彩畫成的兩個塞壬女妖，她們的乳房極具挑逗性；另一處畫著的女性大多身穿緊身衣而很少著裙子，靶子煙斗會從她們的頭髮裡或手中打開的扇子裡冒出來。遠處的背景裡標有「瞄準鴿子射擊」的字樣，而晃動的煙斗靶子在慢慢移動。

還有一些射擊攤位附有戲劇場景，若玩家用長槍擊中靶心，表演就會開始。某個遊戲場還有三十六個射擊攤位，其舞臺上方的招牌寫有劇名，如《獄中的聖女貞德》、《好客》或《巴黎街頭》。在《死刑》攤位裡，背景的緊閉大門前有一架斷頭臺、一個穿黑袍的法官和一個拿十字架的神父，玩家如果擊中目標，大門就會打開，畫有惡棍的木板就會跳出來立在兩名行刑者中間；他自動把脖子伸到刀刃下，然後便被削下腦袋。

還有《結婚的喜悅》。玩家擊中靶心後，背景就跳出家徒四壁的室內場景，其房裡的父親一隻手抱著膝蓋上的孩子，另一隻手推著搖籃，裡頭也還有個孩子。在《地獄》攤位裡，子彈命中後，兩扇大門一開，一個魔鬼正在折磨一個受苦的靈魂；另一個魔鬼正抱著一位教士走向沸騰的大鍋，因為被打入地獄的人都要受烹刑。在《監獄》的布景上，門前有個獄卒，每當靶子被擊中，他就去拉鈴；鈴一響，門就打開，裡面兩個犯人正在使勁地推動一個巨輪。

還有這樣的場景。一位小提琴手和他那會跳舞的熊。射擊成功的話，小提琴手的琴弓就會動起來，一旁的熊便會用爪敲一下鼓並抬起一條腿，就像在跳舞一樣。我們也能用這種方式改編《勇敢的小裁縫》，或是用一槍喚醒睡美人、解救小紅帽，或射下白雪公主手上的蘋果。槍聲的神奇療癒力打入了木偶的世界中，它們因此能砍掉魔鬼的腦袋，或扮成公主來揭發惡魔的真面目。

在一個場景中，玩家如果擊中目標，一扇沒有銘文的門就會打開，在紅色的長毛絨門簾前，站著一名微微鞠躬的黑人，他手上捧著一個金碗，裡面放著三個水果。第一個水果打開時，裡面一個小人馬上站著鞠躬；在第二個水果中，兩個小人轉著身子在跳舞（第三個沒有打開）。

接下來，在擺放布景的桌子前面，是一位木偶小騎士，他身上寫著「埋著地雷的道路」。如果有人擊中靶心，便會發出一聲巨響。隨即，這位騎士就和他的馬會一起翻跟斗，但是不用說，他始終坐在馬鞍上。

立體眼鏡

在里加，天天都有市場；低矮的售貨棚構成擁擠的街市，沿著防波堤向兩邊延伸。這道圍堤在道加瓦河（Daugava）旁邊，它又寬又髒，上面沒有貨棧倉庫。有些蒸汽船很小，連煙囪都不高過碼頭上的圍牆，停靠在黯淡的小城邊（較大的輪船泊在道加瓦河的下游）。地上骯髒的木板成了一條泥路，在寒風中依稀發亮的是上頭褪去的顏色。

在一些角落裡，除了裝魚、肉、靴子和衣服的棚屋，人們常會看到用「彩色紙鞭子」打扮的布爾喬亞女性。它們在耶誕節時才會出現在西方國家，很容易引來家人或愛人的責罵；只需花幾分錢，就可以買到一大把多彩多姿的挨罵。

在防波堤盡頭的是蘋果市場，它的周圍是木柵欄、距水邊只有三十步，一堆一堆紅白相間的蘋果堆得像小山一樣，準備販售的蘋果都用稻草包著，而賣出去之後，就無包裝地躺在家庭主婦的籃子裡。蘋果市場的後面矗立著一座深紅色教堂；在十一月的清新空氣中，蘋果那紅潤的顏色奪走了人們看向這座教堂的視線。

防波堤不遠處有一些小房子，那都是船具店，其牆上畫著纜繩；四處都可看見商品被畫在廣告牌或者房子的牆上。

街市裡有一家商店，光禿禿的磚牆上畫著的箱子和腰帶比真的還要大。街角的低矮房子賣緊身衣和女帽，裡面畫了許多女士的面孔，黃赭色的地板上還畫了不少緊身胸衣。那房子前面的牆角處放了一盞燈，玻璃燈罩上畫著同樣的圖案，被燈光照得透亮；整間房看起來就像是妓院門面。在離港口不遠的另一幢房子裡，灰色牆上用黑灰色畫著裝糖的麻布袋和煤，還刻意勾出了立體感；在另一家店鋪，多雙鞋子的圖畫像雨點那樣從豐饒之角直落而下。五金器具的廣告畫更是細緻入微，一塊木板上畫著錘子、輪齒、鉗子和小螺絲，看起來像是從童書上描摹的。

整個街市到處是這樣的圖畫，就像是從存放已久的抽屜裡一一取出來。然而，在這些房屋之間高高矗立著令人心寒、要塞似的建築物，使人想起沙皇時代的恐怖氣息。

非賣品

在義大利盧卡（Lucca）的年度市集上有個機械展覽館，它是一個長長、均勻分成兩半的帳篷，走上幾級臺階就可以到入口。前方桌子上放著幾個一動也不動的小木偶，這就是它的招牌。人們從右邊開口處進入帳篷，出口是左邊的那個開口。在燈火通明的帳篷裡，兩張桌子長長排開一直伸向帳篷的深處。桌子內側靠在一起，所以只剩下一個很狹窄的空間可以來回走動。這兩張桌子很矮，上面蓋了玻璃。桌上站立著小木偶（平均二十至二十五公分高），它們被遮蓋的底部裡是鐘錶裝置。木偶因此可動來動去，並發出滴答聲。

桌子的四周搭起了長條的踏板，孩子可以站上去；牆上掛著哈哈鏡。

進入展館後，人們首先看到王公貴族樣的人偶，每位都擺出特異的姿勢：比如伸出左臂或右臂，悠然地在迎賓；另一尊則轉動眼睛、顯現透徹的目光；還有一些則一邊轉動眼睛、一邊搖擺手臂。

奧地利皇帝法朗茲·約瑟夫、庇護九世的人偶坐在王座上，兩名紅衣主教站在兩側，還有義大利的埃萊娜王后、蘇丹女王、騎在馬背上的威廉一世、小小的拿破崙三世，還有更小的伊曼紐爾二世。緊接其後的是《聖經》人物，然後是耶穌受難的場景。

首先，希律王的頭部做出各種動作，示意要屠殺嬰兒。他點頭示意時，嘴張得很大、手臂前伸、然後又落下。他的前面站著兩個劊子手：一個不斷走動、手上的劍正往下砍，腋下夾著被斬掉頭顱的小男孩；另一個拿劍刺人，眼睛骨碌碌地轉，其餘肢體一動也不動。還有兩位母親：一位像發了瘋似地不停晃動腦袋，另一位則慢慢地舉起手臂作出乞求的樣子。

接下來是耶穌受難。十字架平放在地上，士兵一邊敲釘子，而基督點著頭。一位士兵用浸了醋的海綿慢慢擦拭他的身體，雙手顫動著，馬上又縮了回去。此時，救世主稍微抬了抬下巴。後面，一位天使向十字架俯著身子，手裡拿著一只聖杯；祂將聖杯伸向前，然後又慢慢收回，表示接到了聖血。

後面展示的是民俗故事。《巨人傳》中的高康大雙手各拿一把叉子，上面都叉著麵團，然後雙手交替、不斷往嘴裡塞。再往下走，阿爾卑斯山的少女正在紡線、兩隻猴子在拉小提琴。

再來，魔術師的面前放著兩個大桶，右邊的打開時，一位女士的上半身露出來，再次沉入時，左邊那個大桶打開了，露出一位男子的上半身。右邊的桶子再次打開時，出現的是長著兩隻羊角的公羊頭顱，但配上那位女士的臉。左邊的桶子再次打開時，出現的是猴子而不是那個男子。

隨後一切又從頭開始。

還有一位魔術師，他面前放著一張桌子，左右兩手各自倒拿著一個酒杯。當他交替舉起酒杯時，其下面出現一片麵包、一個蘋果、一朵花或一粒骰子。

後面還有一口魔井：農家男孩站在井旁邊搖晃著腦袋，女孩在提水，宛如玻璃狀的巨大水柱不停地從井口噴出。還有一對令人著魔的戀人：一片金色灌木或金色火焰向兩翼分開，從中浮出兩個玩偶，它們分別將自己的臉轉向對方，然後又轉開，以困惑而驚異的神色打量著對方，好像有些不知所措。

每個木偶下都有一張標籤紙，上面的文字表示：整個構想來自於一八六二年。

42．綜合診所

作者將思緒擺在咖啡館的大理石桌面上，在玻璃器皿上來前，他利用這段時間好好觀察四周；那器皿是他檢查病人時用的透鏡。然後，他慢慢取出他的器具：自來水筆、鉛筆和煙管。圍成半圓的人群像坐在圓形劇場一樣，他們便是他的病人。

他小心謹慎地倒滿咖啡，然後又小心翼翼地喝掉了它。

他同樣謹慎地將思緒置於氯仿之下。他尋思的東西與事情本身已沒有什麼關係，就像被麻醉的病人所做的夢無關於正在進行的外科手術。操作者仔細地沿著手繪的線條切割，置換內部的重音，燒灼雜亂的語詞，然後加入外來語（就像裝上銀肋骨）。最後，再用完美的標點符號將這一切縫合在一起。

於是，他用現金酬謝了那位服務生，即他的助手。

43 · 出租用的牆面

有些人在哀嘆各種評論的衰落，他們太傻了，因為那樣的時代早已過去。作為評論者，必須對事物保持有恰當的距離，且要尊重特定的視角、解釋，甚至改變自己的立場。

如今，事物進逼人類社會的各個角落。「沒有偏見的」、「單純的」目光已成為沒人相信的謊言；或許，所有天真的表達模式都已是純粹的無能了。

今天，對於事物的本質，最切實、最具商業性的凝視就是廣告了。它拆除了邊界，讓觀察得以自由展開，事物因此近得有點可怕，就像電影螢幕上的汽車變大向我們衝來。

電影不會呈現傢俱的全貌和建築物的正面，所以人們不能從完整的角度去批評和審視，只能透過強烈、晃動的近景體會感官效果。

與此相同，完美的廣告就像好的影片一樣，會快速地投放事物的樣貌。最終，我們告別了「事實性」。在房子外牆上的巨幅圖像上，巨大的雙手棒著牙膏和化妝品，而我們的「感性面」全然恢復了，並以美國人的方式釋放出來。本來不為任何事情所動的人，在電影院重新學會了哭泣。是，對普通人來說，正是金錢將事物推到他跟前，使他與事物有了真正的接觸。

收錢的評論家在畫商的沙龍裡鑑賞作品，他們能看到更重要的東西（哪怕不是更好的）。相對地，藝術愛好者在櫥窗裡觀看作品就沒這麼仔細了。作品的氣息傳給了評論家，激起了他的感覺之泉。

究竟是什麼東西使廣告優於評論？不是閃爍霓虹招牌的內容，而是柏油路面上反射出的火光。

44・辦公用品

老闆的辦公室裡擺滿了武器；來訪者解除防備，但這舒適的地方實際是隱蔽的軍火庫。

辦公桌上的電話每隔一小段時間就會發出刺耳的響聲，它會在最關鍵的時刻打斷你們的談話，使你的對手有時間想出巧妙的對策。從斷斷續續的談話看來，電話裡正在處理的事情比正在談論的重要得多。

隨著談話如此這般地延續，你會慢慢遠離原有的立場。你會開始自問，電話中談到的人是誰，接著會驚奇地發現：和你談話的人明天要動身去巴西，而且你與其公司的立場完全一致。他在電話上抱怨的偏頭痛，你會當成是妨礙工作的因素（而不是機會）。

不知是否由於老闆召喚的緣故，祕書進來了。她非常漂亮，但老闆對她的美貌淡然視之，也許他早就表達過讚嘆了。初次見她的人反倒會因此多看幾眼，顯然她知道如何利用這一點來為老闆效勞。

他的員工們開始忙碌起來，拿出索引卡片在桌上整理。這時，訪客看到自己被登錄在卡片上，就在形形色色的標題下的某一欄。他開始覺得疲勞。但是，背著燈光的另一個人，正欣喜地讀著訪客那疲倦又被照得發亮的表情。

此間，扶手椅也發揮了它的作用；你向後傾斜坐著，就如同坐在牙醫的診療椅那樣。最終，你將這種尷尬的情境當作合理的過程，並欣然接受。

這種處事方式遲早會使企業倒閉。

45．托運貨物：運輸和包裝

清晨，我驅車穿過馬賽去火車站。在路上，我經過熟悉的地方，以及新的、不熟悉的或只是依稀記得的地點。這座城市成了我手中的一本書。在它從眼前消逝前，我匆匆掃了幾眼；這本書被扔進儲藏室的紙箱後，誰知道什麼時候會再拿來一讀。

46・內部整修，關門歇業！

夢中，我用槍結束了自己的生命。

槍響後，我並沒有醒來，而是看著自己的屍體又躺了一會兒。

然後，我才醒來。

47 ·「奧吉雅斯」自助餐館

對於「單身漢的生活方式」，最有力的反對意見就是：獨自一人吃飯。獨自進食的人很容易變得冷酷和粗魯。習慣單身生活的人，為了避免墮落，必須嚴於律己。或許因為如此，他們在飲食方面都相當簡樸。

一起進餐時，餐桌上才會展現公平正義；食物平均分配，這樣才對眾人有益。無論是誰都可以試試看：以前人家說，桌邊有個乞丐的話，每道菜就會變得更加美味。用餐時，至關重要的是分享和給予，而不是社交談話。

另一個令人吃驚的狀況是，沒有食物，社交活動就會出問題。舉辦餐會可以消除人與人的差異、將大家串在一起。法國的聖日耳曼公爵在擺滿食物的餐桌前並沒有大口進食，僅此就受到了在場賓客的尊重。可是，如果大家都節制進食、沒有吃飽，對立和衝突就會隨之產生。

48・集郵社

對於流覽舊信件的人來說，信封上早已不能流通的郵票，會透露出不少訊息，而且通常多過於幾十頁的信件內容。有時人們會在明信片上看到有趣的郵票，所以不確定是要取下來、還是保持明信片的原貌。那明信片就像某位大師的藝術創作，正面和背面各有兩幅不同且珍貴的畫作。

有時在咖啡館的玻璃櫃裡也能看到蓋著郵資不足郵戳的信件，這是放在那裡示眾的。人們將它們放在玻璃櫃裡，也許是為了使它們承受多年等待的折磨，宛如在太平洋上的薩拉戈麥斯島一樣。

長期沒有被開啟的信件會變得有點殘暴，它們被剝奪了歸屬人，所以默默策劃著要報復長期蒙受的痛苦。它們當中有許多出現在集郵社的櫥窗裡，已經面目全非，被蓋滿了封蠟郵戳。

眾所周知，有不少的收藏家只關注蓋了郵戳的郵票。因此，人們也都相信，只有這些人才能洞察個中奧祕。

他們專注於郵票的神祕部分：郵戳，那是是郵票的暗黑面。

在一些紀念性郵票上，維多利亞女王的頭部四周有光環；也有郵票像預言一樣，給義大利的翁貝托一世戴上殉道者的桂冠。但是，沒有一種「施虐的幻想」可比得上這種黑暗做法：將票面蓋上條狀的印痕，像地震那樣劈開整塊地面。

雖然票體被施暴，但卻有薄紗蕾絲狀的白花邊飾，這種鮮明的對比以及對鋸齒狀的偏愛，會給人帶來一種變態的快感。想深入鑽研這些郵戳，就必須像偵探那樣，去調查最臭名昭著的郵局；也必須像考古學家那樣，面對陌生的地名也能重新建構其輪廓；還必須像猶太教的卡巴拉派那樣，掌握一整個世紀的日曆。

郵票上面充滿了細小的數字、字母、樹葉和眼睛，像細胞組織一樣。這一切都密密麻麻地擠在一起，像低等生物那樣，即使被肢解也能活下去。因此，將破碎的郵票黏貼在一起，就能拼成美妙的圖畫。

但是在這些圖畫上，生命總帶有一絲腐敗的氣息，因為它們是由壞死的東西黏貼成的，不管是肖像或骯髒的群像都滿是骨頭和蛆蟲。

成套郵票構成的顏色序列折射出了奇異的太陽之光。梵蒂岡和厄瓜多爾郵政部所捕捉到的光線，我們應該都知道吧？為什麼我們沒看過「外側行星」的郵票呢？金星的郵票應該有上千種的火紅漸層吧？火星的有四大片灰色陰影，土星更有數不清種類的郵票。

郵票上面標出的國家和海洋不過是一些小小的省份而已，而上面的國王只不過是數字的傭人，還得被隨意配上顏色。

集郵冊是具有魔力的參考書，記錄了王室、宮廷、動物、寓言和國家的資料。郵政流通的基礎就在於這些資料的吻合與對應，正如星球運行建立在天體參數的吻合與對應。

在小於一馬克的老式橢圓形郵票上，標明一、兩個大大的數字，它們就像最早期的照片一樣，黑漆框裡鑲著我們不認識的親戚、朝我們看；這些老郵票就是圖形狀的姑婆和祖先。就連管理郵政的貴族「圖恩與塔克西斯」也有郵票，上面大大的數字就像計程表上著魔的數字一樣。在晚上，看到燭光從它們後面穿透，也不會令人感到吃驚。有些小郵票不帶齒孔、也沒有註明貨幣種類和國家，在其緊連的網狀圖案裡，只有一個可見的數字。也許它們就像由命運主宰的彩票一樣。

土耳其「皮阿斯特爾」(Piaster)郵票上的字體，就像是時髦的別針，斜插在精明、半歐化的君士坦丁堡商人的領帶上。它們奢華而刺眼，就像郵政暴發戶一樣，但其實它們跟尼加拉瓜或哥倫比亞的郵票一樣，齒孔沒有打好而歪七豎八，卻把自己打扮得像鈔票一樣。

「欠資郵票」是郵票中的老妖怪，從沒有變過，王室和政府的遞變就像幻影一樣，未在它們身上留下一絲痕跡。

有位孩子把「歌劇望遠鏡」前後反過來用，向遠方的賴比瑞亞望去：一片細長的海洋後面、長著棕櫚樹的正是賴比瑞亞，完全像郵票上所顯示的那樣。他和葡萄牙探險家達・伽馬一起駕船，沿著如等腰三角形的區域航行。在那裡，希望以及希望的色彩隨著氣候而變化。

那是好望角的旅遊廣告。此外，他在澳洲的郵票上看到天鵝，不管郵票顏色是藍色、綠色還是棕色，上面都是當地才有的黑天鵝；牠們輕輕遊過池塘水面，就像游過平靜的太平洋一樣。

郵票是偉大國家分發到孩子房間裡的名片。

同《格列佛遊記》的主角一樣，孩子在郵票上所標出的國家和民族中旅行。他在睡夢中還記得小人國的地理和歷史，包括它們的科學、人物和名稱。他參與他們的事務，出席他們紫紅色的國民大會，觀看他們建造的小輪船首次下水，與君主們一起坐在矮樹後面慶祝加冕。

眾所周知，有一種專門的郵票語言，它與花語的關係就像是摩斯電碼與文字的關係。但是，花朵在電線桿之間會盛開多久？戰後發行的色彩斑斕的偉大藝術郵票已成為這片花圃中秋天的紫菀和大麗菊。德國郵政總長馮．史蒂芬（Heinrich Stephan）與浪漫主義作家讓．保羅（Jean Paul）活在同一時代，這並非偶然。前者在十九世紀中葉的一個夏季播下了這株秧苗，但它不會活過二十世紀。

49・有人說義大利語

深夜，我帶著極為痛楚的心情坐在長椅上。

兩位女孩在我對面的長椅上也坐了下來。

她們似乎想說私密的事，因此小聲低語。周圍除了我沒有他人，但不管她們的音量有多大，我應該也聽不懂她們的義大利語。她們用我所陌生的語言無拘無束地輕聲細語。面對這一場景，我產生一種不可抗拒的感覺：如同一劑涼爽的藥敷在我的痛處。

50・緊急技術支援

「怎麼想就怎麼說」，這種如實的表達方式最為貧乏。照實寫下的文字甚至連一張差勁的照片都不如。

當我們蜷伏在黑布下、準備用這樣的文字鏡頭做記錄時，真實情況不會老老實實地站著不動，也不會展現和藹可親的面容（就像不愛我們的孩子或女人）。

是啊！真實情況想要的是透過有力一擊（喧囂、音樂或大聲呼救），讓它從自我沉睡中驚醒。有誰去盤點一下，真正的作家其內心世界所配備的警報信號？要讓它們發生作用，唯有透過「寫作」而不是別的方法。

這樣一來，土耳其王宮裡可愛的姬妾便會猛然站起身來，從她的內室（即我們亂哄哄的頭腦中）順手抓起最美的綢緞披在身上，不知不覺地從我們的眼前跑向人群。她是多麼嫵媚又健美，雖然衣飾凌亂、步履匆忙，但卻帶著獲勝的神態、得意地來到人群中。這就是寫作帶來的效果。

51・縫紉小用品

我著作中的引文就像路旁跳出來的強盜一樣，手拿武器，掠走了閒逛者的信念。

殺死罪犯可能符合道德要求，但絕不是正當的。

上帝是全人類的供養者，而國家是祂的副手。

在畫廊來回走動的人，表情總掩蓋不住內心的失望：裡面只掛著畫。

52．稅務諮詢

毫無疑問，在衡量商品和生命的標準之間，也就是說，在金錢與時間之間存在某種隱祕的關聯。生命的內容越瑣碎，其組成的瞬間就越破碎、多變和多樣；而某個宏大的階段便代表著更高層次的生命狀態。物理學家利希登堡（Georg Christoph Lichtenberg）說得很有道理：「若要談蹉跎光陰，與其說它變短了，不如說你把它變小了。」他解釋道：「四十五年的生命包含了數百萬分鐘，還有數不清的秒數。」

貨幣面額很小的話，幾百萬個單位加在一起的總額就不怎麼驚人。但若生命以秒而不是用年來計算的話，帳面數字就會很可觀，就像花錢時要拿出一大捆鈔票那樣。因此，奧地利人改不了以克朗來算錢的習慣。

錢與雨密切相關。氣候本身標誌的是這個世界的狀態。幸福就是萬里無雲，氣候派不上用場。還有一個無雲又全善的國度，連金錢都派不上用場。

我們需要一份描述性的報告來分析鈔票的作用。不過，它得具備十足的客觀性，才能展現無限的諷刺力。只有在這樣的文獻中，資本主義才會嚴肅而認真地展現自己的樣貌。

在這個自成一格的世界中，無邪的天使們歡樂地在玩數字遊戲、神明高舉律法的戒碑、威武的英雄在貨幣前插劍入鞘：那是地獄的入口。如果利希登堡看到紙幣廣泛流通的話，肯定會寫成這本書。

53・對缺乏資金者的法律保障

出版商：「我的期望完完全全地落空了。你的作品毫無吸引力，在讀者間沒有產生任何迴響。在書本的設計上，我沒有省錢，還不惜成本地下了大量的廣告。即便如此，我還是一如既往地器重你。你不能怪我，現在我的商業良知要出來說話了。不管是哪一位作者，我盡心盡力地為他做事。可是，我也要養活老婆和孩子。當然了，我不會把近幾年來的損失都記在你的帳上。但是，失望和苦澀的心情是趕不走了。很遺憾地說，我不能再支持你了。」

作者：「先生，為何你會成為一位出版商？這一點我們稍後就會弄清楚了。但是先讓我說一件事，我在你的工作本上發現，自己的編號是第二十七號。你已經出版了我的五本書；換句話說，你已把錢押在二十七號五次了。很遺憾地，我並沒有勝出。

「你只是將我當成賽馬，你之所以會下注在我身上，只因為我的編號緊緊靠著你的幸運數字二十八。現在你知道你為何會從事出版業了。本來，你可以像你可敬的父親那樣，踏實地顧著這份體面的工作，而你卻只是想著眼前的利益。年輕人就是這樣。

「繼續放任自己，保留你的習性吧！但是，不要再佯裝成忠厚老實的商人。賭輸了，就不要再裝出無辜的樣子，也不要再去談論你每天工作八小時有多辛苦、有多少夜晚無以安寢。

「還有一點不要忘記，我的孩子，做人要實在又可靠。不要再玩你的數字遊戲了！否則一定會引起眾人的反彈。」

54．醫生家夜間急診用的門鈴

性滿足令男人掙脫了自己的祕密，關鍵不在於性欲本身，而是性欲的滿足。也許恰恰由於此，這個祕密只是被掀開，但並沒有完全解除。它可比作是男人的生命之索，若女人切斷了它，男人便隨時可以去死，因為他的生命已失去了祕密。他因此獲得了新生，彷彿他所愛的女人解除了他母親的魔咒。助產婆切斷的是由自然奧祕織成的臍帶，女人則比助產婆更徹底，她們使男人與大地母親斷絕了一切關係。

55 · 阿里亞娜夫人住在左邊的第二個庭院

去找算命師卜問未來的人，會不知不覺地喪失對未來事件的內在預感；而這樣的預感，比在算命師那裡聽到的要準確千萬倍。

人們去算命大多是受到惰性而非好奇心的驅使。聽到自己的命運走向時，大家都會表現出漠然、聽任擺布的樣子，而不是像勇者那樣用機警而靈巧的策略去改變未來。

因此，專注於當下的心靈就是未來的精髓，因此精準覺察眼下的每個瞬間，比預知遙遠的事情更關鍵。預兆、預感等信號，像衝擊波一樣，日日夜夜穿過我們的有機體；要加以闡釋、還是直接採納這些訊息，的確是個大問題。這二種方法並不相容：怯懦和冷漠的人傾向於前者，而頭腦清晰和熱愛自由的人則傾向於後者。這類預示或警告在透過詞語或印象傳給我們之前，其最強效力已漸漸失去，所以它們無法直入我們神經中樞，使我們在不知不覺中按其指令行事。而唯有不刻意追求這些啟示，才有可能辨識出這些訊息。

只要一讀出這些訊息，它們的效力便溜走了。因此，當你如晴天霹靂般地得知火災發生或聽到某人的死訊時，當下會感到無言而震驚，接著會出現一種罪惡感，彷彿有人在責怪你：你當初沒有發現徵兆嗎？在你最後一次提到死者的名字時，你不覺得從嘴裡發出來的聲音不大對勁嗎？在熊熊火焰中你才明白，火災現場昨晚已有異樣。若你弄丟了某件很喜歡的東西，後來應該會回想到，在數小時或幾天前有出現某種戲謔或哀嘆的氣氛，它們在冥冥中指向了這個結果。

記憶像紫外線一樣向每個人呈現生命之書的腳本，它是隱形又帶著預言意味的註腳。但是，將還沒有經歷過的生活交給牌卡、神靈和星象，並馬上濫用、誤讀並面目全非地接收回來；這樣刻意的轉換當然會受到懲罰。另一方面，身體有能力去面對挑戰、戰勝命運，偷走這股力量的話，也會受到懲罰。否則命運必得屈服於身體，就像羅馬人在卡夫丁峽谷之役中無條件投降。

唯一值得追求的特異功能，就是將未來的威脅轉變成充實的當下，這就是心靈體現在身體上的作用。在遠古時期，這種做法是人類的日常活動，而裸露的身體就是感知未來最可靠的工具。

古人早就瞭解這種活動的真實性。羅馬將軍大西庇阿跌跌撞撞地踏上迦太基的土地時，便倒在地上，伸開雙臂呼喊著勝利的口號：「擁抱你，非洲的大地！」在這個瞬間，他用身體去貼近所有會展露凶兆的事物，並使自己成了他身體的總管。因此，古代的苦行如節食、禁欲和守夜，不管在何時都能發揮它們最大的效果。

每天清晨，白天都會降臨我們床頭，就像洗乾淨的襯衫一樣。這件無比纖細、稠密的襯衫非常合身，是用純粹的預言編織而成。接下來二十四小時的快樂，皆取決於我們是否能在醒來時穿上它。

56・供人卸妝的更衣室

報死訊的人都覺得自己非常重要，這個感覺（其實一點也不理性）使他成了來自冥府的使者。死者的群體是如此龐大，光是報死訊的人都能察覺到這一點。在拉丁語中，死的意思是「到眾人那裡去」（*ad plures ire*）。

在瑞士貝林佐那火車站的候車室裡，三位神職人員引起了我的注意。他們坐在我斜對面的長椅上。我仔細觀察了中間那位。與其他兩位不同的是，他戴著一頂紅色的毛帽。

同其他兩人談話的時候，他將兩隻手合攏起來放在膝上，偶爾會稍許提一下左手或右手，做一些極其輕微的動作。我心想：他的右手肯定每次都知道左手在幹什麼。

從地鐵裡走出來，誰都會有過這樣的經歷：被整個太陽照得大吃一驚。就在幾分鐘前走下地鐵的時候，太陽和現在是一樣明亮，但我們很快就會忘記地面上的天氣；同樣，地面上的天氣也很快就忘了他。由此可知，要溫和地描述人的存在模式，包括他如何在兩三種生命形態間轉換，天氣是最貼切的。

莎士比亞、西班牙劇作家卡爾德龍（Calderon de la Barca）總會在作品的最後一幕中安排格鬥的情節，國王、王子、年輕的貴族騎士及隨從們忙進忙出，觀眾看清楚的一剎那，他們已經就定位了。劇中人物如此倉促現身，是受到舞臺的限制。他們站在觀眾看得到的地方，但就像路人一樣在狀況外，這是為了喘口氣，以恢復精神。因此，舞臺上的倉促登場有其潛藏的意義。我們在研究戲劇公式時，會對於舞臺、光線和腳燈有既定的期待；而我們在生活中忙進忙出，也同樣地能躲過在場陌生人的視線。

57・投注站

資產階級的生活核心就是私人領域的活動。一種行為的性質與成果越重要，就越想免去外人的關注。政治傾向、財務狀況、宗教信仰，這一切他們都想隱藏起來。而家庭則是一幢腐朽又陰森的樓房，壁櫥和牆角都藏著骯髒又可恥的本能。普羅大眾將性愛生活完全視為個人隱私，所以，求愛僅僅在兩人間默默地發生。這種徹底私人化的求愛擺脫了所有義務的束縛，而變成時下所謂的「調情」。

相反地，無產階級和封建時代的人其求愛方式有一共同之處：男人要征服的不光是女人，還要打敗競爭者。這意味著，他們對女人的尊重勝過於她們自己享有的自由，也就是聽從她們的意願，而不去質疑她們的動機。在封建社會和無產階級的生活中，性愛的中心移到了公共領域。所以，與某位女性一同出席公共場合，可能比與她睡覺帶有更多的含義。

因此，婚姻的價值並不在於雙方平淡無味的「和諧」，而是如同在其他領域一樣，是雙方在掙扎與對抗下的特異產物。在這過程中，婚姻中的精神力量就會浮現，就像小孩的成長一樣。

58・站著喝酒的啤酒館

船員們很少離船上岸。與港口裡經常沒日沒夜進行的裝卸作業相比，在海上工作就算是假日了。

當一隊人馬得到允許可以離岸幾小時休息時，往往天已經黑了。運氣好的話，在去酒館的路上可以看到大教堂那陰森森的黑影。

啤酒館是每座城市的解謎鑰匙：知道哪裡有德國啤酒喝，就對其風土民情有足夠的瞭解。

去一趟德國船員酒吧，你就能得到這座城市所有夜生活的資訊：從酒館到妓院，再到其他酒吧。毫不費力地就能得到相關訊息。幾天下來，水手們吃飯時會一再提起這些地方。

離開港口後，下一個港口的酒館、舞廳、漂亮女人和特色菜肴的暱稱，便會一個接一個像小三角旗那樣升起來。

但是，沒人知道這次有誰能離船上岸？正是由於這個原因，一聽說有輪船要靠岸停泊，商販們就帶著紀念品上船兜售：項鍊、明信片、油畫、刀子還有大理石小雕像，應有盡有。城市景象沒被看到而是被買到了。船員們的箱子裡有來自香港的皮帶、義大利巴勒莫（Palermo）的全景畫還有什切青港（Stettin）波蘭女郎的照片。這就是船員們真正的家。他們對霧濛濛的遠方一無所知，而那是布爾喬亞心目中的異國風情。

每到一座城市，首先要做的是船上的工作，然後才可以考慮德國啤酒、英國刮鬍皂和荷蘭菸草。他們在骨子裡熟知國際的工業標準，因此不會受小把戲和新玩意兒的欺騙。船員們已太熟悉類似的東西，只有最精密的細微差別才能引起他們的關注。他們能就魚的不同烹飪方式來區分各個國家，而不是以其建築風格或自然景觀。他們能掌控精密的細節，所以在航道壅塞時，他們能與過往的船隻挨很近地交錯而過（並鳴笛致意），其他人就會設法改道。

在寬闊的海面上，他們生活在這樣的城市裡：有法國馬賽的麻田街、埃及賽德港的酒吧（斜對面是漢堡的妓院），城裡面還有位於巴賽隆納的加泰隆尼亞廣場以及那不勒斯的蛋堡。對船長和資深船員而言，家鄉的城市還依然掛在心中。但對於一般船員和加煤工來說（他們在船體深處維護船隻、整天與機器打交道），那些虛幻交錯的港口不是家鄉，而是修理船隻的托架。聽聽他們的說法，就會馬上明白，這些旅程中有多少的謊言。

59・禁止乞討和兜售！

所有的宗教都非常尊敬乞丐；對後者來說，像施捨這樣既乏味又平凡、既神聖而又能延續生命的活動，知性與道德、堅定與原則都可悲地失去效用了。

南方人都在抱怨乞丐有多糟，他們忘記了，乞丐堅持站在我們面前是合理的，就像學者就該去面對晦澀難懂的文本。我們臉上掠過的猶疑不定、最細微的念頭或考量，都逃不過他們的觀察。馬車夫用吆喝聲向我們表明，我們不應該抗拒上他的馬車坐一程；小商人從他的破爛貨中取出我們也許會感興趣的那條項鍊或那塊浮雕。這兩種現象都是一回事，都是基於心靈感應。

60．到天文館去

猶太教的希列拉比在單腿站立的時間內，簡潔地闡述猶太教義。若有人像他一樣，用一句短話去表述古老的道理，那這句話必定是：「這個世界只屬於那些借宇宙之力生活的人。」

古人與現代人最明顯的區別在於：前者會投入「天人合一」的體驗中，而現代人對此完全陌生。早在近代肇始之初，天文學的發展導致人們開始放棄這種體驗。克普勒、哥白尼和布拉赫等天文學家都不只是受到科學探索的衝動所驅使。可是，天文學馬上帶來的結果是，無一例外地，科學家都只強調宇宙的光學理論；這就預示了不可避免的發展。

古人對宇宙的態度則不同，那是一種「出神的狂喜」。唯有在這種體驗中，我們才能認識離人類最近和最遠的事物，並了解它們兩者缺一不可。這就是說，只有透過共通感，人才能在狂喜中跟宇宙產生連結。

現代人所犯的這個錯誤令人不安：人們將這種體驗視為無足輕重、可避免的，只是看著繁星點點的夜空所引發的幻想。事實並非如此，這種體驗一次又一次地不斷出現，無論哪個民族或個人都無法完全擺脫它。

上一次戰爭已可怕地展現了這一點，野心家企圖用史無前例的新手段去融合宇宙的力量。數以萬計的平民、毒氣和電力設備被投放到曠野中；高壓電流橫穿大地，新的星座在空中炸開。在空中與深海，各種螺旋推進器震天動地響起。在大地母親的身上，軍隊到處開挖豎井，宛如獻祭一樣。

人類第一次從全球的規模毫不止息地向宇宙求愛，而且是憑著所謂的科技精神。但統治階級貪婪地追逐利益，以滿足自己的渴望，於是技術背離了人性，而新婚的床也變成了血池。

按照帝國主義者的論述，所有的技術都是為了駕馭自然。但是，誰會相信打罵教育的觀點，即教育是為了讓大人駕馭小孩。教育是為了建立長幼之間應有的關係，所謂的駕馭也只是維護這樣的關係。同樣地，技術也不是用來駕馭自然，而是掌握人與自然之間的關係。

雖然在幾萬年前，人類已完成物種上的發展，但是「人性」這個特質卻剛剛開始茁壯。在技術中，「自然」(physis)不斷被重新整理，所以人與宇宙的交流也有了新穎的模式，也不同於人在民族和家庭中的情形。

回想一下我們所到體驗到的速率變化，人類藉此開始不可估量的旅行，以深入時間內部，並在那裡遇到自然的律動；病人透過它變得強壯，就像在高山之巔或南海之濱那樣。

「遊樂園」就是療養院的雛型。真正令人狂喜的天人合一體驗，與我們通常稱為的「自然」沒什麼關係，後者只是微小的自然現象。

在上次戰爭中那些毀滅之夜裡，宛如癲癇病人會有的狂喜感覺，晃動著人類的每個身體結構。隨之而來的反抗是，人類開始第一次嘗試去控制這新的身體。無產階級的力量有多強，這身體就越快康復。假如他們不牢牢掌握這個力量的精髓與準則，那麼，任何和平主義論都無法挽救局勢。在創造的狂喜中，有機體才能戰勝毀滅的瘋狂。

評《單向街》／阿多諾

編按：阿多諾（Theodor Adorno，1903-1969）是德國著名哲學家，社會學家，班雅明著述的最初推舉者，正是透過他的努力和解讀，班雅明的著作才得以出版並在全球傳播開來。

德國詩人格奧爾戈（Stefan George）為了對法國表達謝忱，所以寫了詩作《第七個指環》；他讚頌馬拉美是「為自己意象而流血」的詩人。

「意象」（Denkbild）這個詞本是荷蘭人在用，以取代了被濫用的「理念」（Idee）。這體現了與新康德主義相反的柏拉圖理論：即理念並不是單純構想出來的，而是自在之物，能使自己被觀照到（儘管這種觀照只是精神性的）。德國詩人柏夏特（Rudolf Borchardt）在評格奧爾戈的文章中時，無情地抨擊了「意象」這一說法，因此這個詞在德語界很難被接受。

可是，詞語有自己的命運，就像其所依附的書籍。理念這個詞面對強大的語言傳統，難以融入德語，但同時，已有許多人在努力尋找新詞。

班雅明於一九二八年出版《單向街》，它不像人們一翻閱時所想像的那樣，是一本隨筆集，而是意象集。班雅明稍後在寫成的另一本隨筆集，確實起了這樣的名字。當然，班雅明有拓展這一詞語的含意，而他的使用方式與格奧爾戈只有一點相同：把在日常觀察中被視為是純主觀性和偶然的經驗，看成是客觀的東西。

是的，主體性的東西被理解成在展現客體性。因此，班雅明的意象是獨一無二、是柏拉圖式的。人們在普魯斯特的作品裡看到了柏拉圖的色彩，而班雅明的作品也不單純只有詮釋者在關注。

可是，《單向街》裡所呈現的圖像，又與世界洞穴等柏拉圖式神話有所不同。它們更像是即興蹦出的謎題，用隱喻念叨出了無以言說之物。它們要遏制住概念思維，也要去撼動它的謎語構造，以使思維有所進步；因為思維在其傳統的概念框架裡已僵化，變得守舊而過時。與既存方式不相符、但又遏制不住的東西，應該能給思維原創性動力。寬泛地說，便是透過智力活動的某種短路去點燃火焰，後者即便不把既存東西燒盡，也會將它熔為灰燼。

就這種哲學活動來說，其根本點在於找到介面，將精神、形象和語言凝聚在一起，此介面就是「幻想」。因此，該書蘊含著無數幻想的蹤跡以及對幻想的反思，而居於首要地位的，就是從幻想世界取得的「認知」。雖然班雅明偶爾談及佛洛伊德的釋夢，但兩者的相似處微乎其微。在此，幻想並不是無意識心靈的符號，而是實實在在、有具體指涉的對象。

就寫作方式來說，班雅明力圖去展現幻想所追回的被丟棄的真實，因此，書中的幻想素材就有了知識性。那些被丟棄的真實並不是來自於幻想的心理學根源，而是來自於所謂的「絕對現實的微妙蹤跡」，後者是一般理智所鄙視的，但它使人得以從幻想中醒來。

在此，幻想作為知識泉源，與僵硬而表面化之思維相對立，且成了未經調理之經驗的載體。「反思」被刻意地排除，對事物的認知被完全託付給「頓開的思路」。這並不是因為身為哲學家的班雅明鄙視理性，而是因為他試圖透過反智去重建被當今世界剔除的思維。荒謬的東西得到了關注，彷彿使理所當然的東西失去意義是理所當然之事。

就像在〈地下室〉這一節裡，班雅明沒有越出哲學想像的合理範圍，在某種程度上勾勒出了這一意圖的輪廓和例證：

我們早已忘卻了儀式，但生命之屋就是以它為基石建成的。當生命之屋受到攻擊而且被敵方炸彈擊中時，其地基裡所藏有的令人耗盡精力的怪異古物，還不會暴露出來。這些東西隨著咒語被埋入土中和獻祭。那令人毛骨悚然的珍品收藏室就像深邃的通風井，收藏著日常之事。

在一個絕望的夜晚，我夢見我和學生時代第一位認識的朋友在一起。幾十年來，我不再記起他，也很少想起那段時光。夢境裡，我熱烈重溫往日的友情與兄弟般的情義。但夢醒時分，我恍然大悟：那絕望宛如一枚炸彈，掀開那男孩的屍首，他被埋在那裡以警告世人：不管誰在這裡生活，都不應像他那樣。

《單向街》的寫作技巧與賭徒的技巧相似，班雅明也覺得自己是一個賭徒，他一而再地研究過這種性格特徵。

思想放棄了「精神梳理出的確定性」，放棄了引申、決斷和推論，它完全聽命於經驗；對於是否遇到真實，它任憑好運和風險的安排。書中使人驚顫的東西便源於此。對於本來應該有嘲諷精神的讀者來說，此驚顫激起了本能的抵禦反應。他隨即就能明瞭，實際上，他早就意識到想要否定的東西，而且唯有如此，他才會義無反顧地否定它們。班雅明放下的砝碼經常準確無誤，而思想由此得到的收穫便成倍遞升。

因此，如下文字刻畫的就是有層層寓意的感傷經驗：

一場晚宴是如何進行的，晚走的人看一眼茶杯、酒杯、菜盤和食物的樣子就知道了。

想要瞭解這個人，唯一的方法就是不抱希望地愛著他。

相愛的兩人最眷戀的是他們的名字。

這些洞察的可悲之處在於，它們被日常觀察剔除了；而這恰恰印證了它們的真實性。

然而，《單向街》不只是由無以推斷的一序列事物組成。偶爾，澄明的理性會出場，並帶有格言般的說服力；它不亞於夢境般的解釋，而且會從整個生命流程中游離出來。書中針對文獻和藝術作品的界定就屬於此列，如：

藝術品是綜合性的能量中心；文獻的豐富性則要被分析出來。

藝術品的衝擊力是來自於不斷地被欣賞；文獻的力道則來自於它的驚奇之處。

這些定義並不是死硬的概念，而是順勢捕捉事物展現自身的瞬間。像下面這樣的敘述，勢必能一勞永逸地平息如今在法律上一再出現的矛盾爭執：

殺死罪犯可能符合道德要求，但絕不是正當的。

有些人認為，書中某些呈現方式屬於非理性主義，所以認為那些幻想情節是神祕主義。他們的理解完全錯了。現代主義和它所依附的社會，其網狀構造雖然令人眼花瞭亂、但還是能被看清；它被提升為個人被異化的命運所在。對班雅明來說，這個網狀構造是思想必須順應的神像，否則它就不會有衝破該偶像之魔法的效力。基於這樣的觀點，既然班雅明準備系統性地研究現代主義的源起，而《單向街》便可視為第一部著作。舉例來說，他對十九世紀下半葉的傢俱風格作了如下的描述：

在十九世紀六〇年代到九〇年代，布爾喬亞都會在室內塞入飾滿木雕的巨大櫥櫃，不見陽光的角落裡還擺放著棕櫚樹盆栽；凸出的陽臺被嚴密裝上了防護圍欄，長長的走廊裡響徹著煤氣火焰的歌聲。這樣的擺設簡直只適於屍首居住。「姨媽坐在這張沙發上只能等著被殺掉」，只有屍首才會對奢華而死氣沉沉的室內布置感到舒適。

在具有東方色彩的偵探小說裡，比風景更吸引人的是顯貴又奢華的室內擺設：波斯地毯、無靠背矮沙發、吊燈和貴重的高加索短劍。沉甸甸的基里姆（Kilim）掛毯高高撩起，滿手股票的房子主人正飲酒作樂，時而感到自己是東方商賈，時而又感到自己待在令人心醉神迷的可汗國。他就是那個懶洋洋的帕夏。沙發床上方繫著一把銀飾帶的短劍，在一個美麗的下午，它結束了他的午睡和他的生命。

與此類似的是他對郵票的描述。郵票是超現實主義者所熱衷的物品，班雅明在書中也展現出他對此的熱愛：

> 郵票上面充滿了細小的數字、字母、樹葉和眼睛，像細胞組織一樣。這一切都密密麻麻地擠在一起，像低等生物那樣，即使被肢解也能活下去。因此，將破碎的郵票黏貼在一起，就能拼成美妙的圖畫。
>
> 但是在這些圖畫上，生命總帶有一絲腐敗的氣息，因為它們是由壞死的東西黏貼成的，不管是肖像或骯髒的群像都滿是骨頭和蛆蟲。

班雅明無所顧忌、滿懷熱忱地直指這種神話般的東西。令人驚顫的是，他說出的每句話都會帶著某種預感。他將此預感視為法則，並說明道：無論是自我崩壞，還是由外在力量推動，出現漏洞的現代主義已經在沒落。

《單向街》一書的主旨與延伸意義便是，即便無望，也要義無反顧地在既存事物的強勢威力下，去鑄造強硬的自我。在幻夢中聽到的神聖呼聲，往往是要你矢志拋開一切有關內心感受和安全感的幻想，也就是「有捨必有得」。在思索性的回憶中，我們學會用自己的堅韌去戰勝現世的殘忍。世界局勢迫使班雅明放下抽象的思考能力，將內心的躁動轉向政治領域。

一九一八年後，德國出現通貨膨脹，在那幾年裡，他對社會的洞察開啟了他的轉變之路。他揭露了社會中的不祥之兆，這些洞察在當時、甚至直到今日依然不失其意義。班雅明自己就是這一不祥之兆的犧牲品。因此，他在談到德國的通貨膨脹時寫道：

有趣的矛盾：人在行動時腦子只想到狹隘的私利，可是平常的一舉一動又會受大眾習性的制約，而後者總是錯誤百出和脫離現實。

當時，那些不祥徵兆剛剛出現，但班雅明的目光相當銳利，一下子就發現它們了。他駁斥評論者時，這樣的徵兆有時也會自己顯現出來，彷彿它們已進入安娜·佛洛伊德（Anna Freud）所謂的「攻擊者標誌」。班雅明還充滿自信地向時代精神示意，並以集體實踐的名義，將此概念對比他最擔憂的東西。《單向街》一書中最具傷感意味的語句是：

事實一次又一次表明，人們是如此依賴熟悉但早已過時的生活方式，所以在遭遇可怕的險境時，就無法運用天生具備的智力和預感。他們只保留愚笨的一面，智力衰退、沒有自信，又缺乏攸關生命的本能。這就是德國布爾喬亞的整體狀態。

這些話之所以帶著傷感意味，是因為班雅明想做的，正是從幻想中聽出聲音，讓大眾康復、醒來；他想拯救眾人，但實際上卻失敗了。

因此，唯有憑藉客體的衰亡，徹底剔除自我，才能領會《單向街》的意旨。要參透偉大著作的奧祕，正如人們在理解皮薩諾的〈斯貝思〉時的感想：

她坐在那裡，雙手徒勞地伸向搆不著的水果，而實際上她卻憑著隱形翅膀在飛動。沒有什麼比這更真實了。

譯後記

特異的名著

《單向街》誕生於一九二八年，由德國 Rowohlt Verlag 出版，是班雅明眾多著述中以特異方式寫成，並越過學術疆界，贏得廣大讀者的喜愛。

評論界有人認為，班雅明謀求教授職位失敗後，以不同於學術論文的方式寫成這本書。比如美國萊斯大學（Rice University）現代與古典文學系教授烏維・斯戴納爾（Uwe Steiner）便持此說。

如此評說未免以偏概全，好像在說，班雅明內心不平，所以在寫作方式上刻意與學院派抗衡。班雅明於一九二五年將申請教授的論文《德意志悲苦劇的起源》提交到法蘭克福大學文學系。從學校教授們的反應，他已經隱隱感到自己的思維方式與正統學院規範有一定的距離。於是，在資料提交到專門機構、接受其審核前，他毅然收回了它。所以，不是刻意作對，而是毅然放棄，為的是固守內心的追求。而且，在提交申請前的一九二四年，班雅明就已開始醞釀這部書的寫作了。

無疑，《單向街》是人文學者寫的理念之作，它之所以出名並不是因為作者提出了驚人的原理或論說，而是由於它用獨到的品味，向生活中射出光線，以照亮那不易察覺而往往被忽略的隱祕之處，使眾人看清各種行為背後的關聯。它展現的不是理論，也不是闡釋，而是赤裸裸的意義與連結；而且，它們盡是一些被現代生活遮蔽的事理，因而令不惑的心靈感到釋懷。

現代人的救贖

《單向街》最為引人矚目的無疑是其特異的寫作方式，以及由此呈現的嶄新意義與世界，目的是為了拯救現代人的空虛。

現代社會有輝煌的物質成就，卻也使人背負著沉重的失落感。西方自十八世紀開始，盧梭就開始提出批判與提醒，以拯救人類的空虛感。到了十九世紀末二十世紀初，批判的焦點集中在現代社會對個體自主力的破壞，以及對事實真相的遮蔽。十九世紀下半葉的尼采看清了這一點，他用了慣常的直述方式，將真相徑直呈現出來。

到了二十世紀，人文精英們發現，問題並不在人們看不清事實真相，而在看世界的方式以及能力被破壞了。本來，在知識困乏的時代，一些概念思維有助於人類突破有限世界、取得更多知識，但它們在現代社會的過度發展，反而成了直面真實世界的桎梏。

因此，自二十世紀以來，在西方的現代哲學中，湧現出了一股潮流：拋棄概念思維、回到事物本身。因此，現象學者主張「回到事物本身」，詮釋學者發現「認知中的前判斷」，因而質疑認知本身的客觀性。晚期的維根斯坦，也強調「難以言說」的概念。他們都在疾呼，要拋開既存的思維桎梏，進而全身心地投入事實。

依循這樣的路徑，身處二十世紀初的班雅明發現，傳統的概念思維不再能披露真相，反而會遮蔽事實。因此他準備摧毀傳統思維，啟動人們本來具有的思維力，並開創文化的新局面。

正如阿多諾在評論時說道：

《單向街》裡所呈現的圖像，又與世界洞穴等柏拉圖式神話有所不同。它們更像是即興蹦出的謎題，用隱喻念叨出了無以言說之物。它們要遏制住概念思維，也要去撼動它的謎語構造，以使思維有所進步；因為思維在其傳統的概念框架裡已僵化，變得守舊而過時。與既存方式不相符、但又遏制不住的東西，應該能給思維原創性動力。寬泛地說，便是透過智力活動的某種短路去點燃火焰，後者即便不把既存東西燒盡，也會將它熔為灰燼。

「既存東西」並不是指現實，而是指傳統的思維方式，因此：

「反思」被刻意地排除，對事物的認知被完全託付給「頓開的思路」。這並不是因為身為哲學家的班雅明鄙視理性，而是因為他試圖透過反智去重建被當今世界剔除的思維。

《單向街》的特異處就在於，他展現了許多意象，使讀者在驚訝中被摧毀既存思維，接著開啟對方的新思路，達到前所未有的認知。此間，原有的認知會失效，讀者沒有任何概念可以依憑，只得直面經歷現實，靠天賦的思維能力去認知世界。這是一種有開創性色彩的全新寫作方式，使思維回歸現實世界。

本來作為知識手段的概念思維，由於走向極端，反而成了人與事實之間的一道隔牆。處於二十世紀上半葉的班雅明看清了這一點，因而試著走出這一峽谷。《單向街》一書便是這個嘗試的第一朵花蕾。

為了使思維回歸思維，《單向街》最鮮明的特色就是廢棄了概念。阿多諾說：

思想放棄了「精神梳理出的確定性」，放棄了引申、決斷和推論，它完全聽命於經驗；對於是否遇到真實，它任憑好運和風險的安排。

這個放棄並不是簡單的拋棄、否定，而是透過中斷。用阿多諾的話來說，用「短路」去激發被遏制住的現實思維，即面對事實進行判斷的能力，那是思維的本真形態所在。《單向街》一書向我們展現的就是那築基於「意義關聯」的事實。

然而，《單向街》並不只是包含無以推斷的事物，阿多諾說：「澄明的理性有時也會浮現，而且帶有一種格言般的說服力。」

這是人類知性深處的本真思維，一種原創思維，它不由概念來推導，而是面對事實去判斷。《單向街》對現代人的救贖就在於啟動這種思維力，以披露現實中被理智忽略和遮蔽的真實。

德國的現代性

早年的班雅明展現出「抽象思考的天賦」，選擇的專業也是哲學，後來的經歷和觀察使得他轉向現實。寫作《單向街》時，德國正處於威瑪共和國時期，因此，該書指的都是當時的社會狀況，並充滿睿智的觀察和評論。

威瑪時期的德國在經歷了工業化和第一次世界大戰後，正處於社會轉向的動盪中。整個西方在政治、經濟、思想、文化上陷入痛苦和迷茫中。此前，在威廉二世的統治下，德國的經濟、技術和社會飛速發展，一舉成為西方資本主義強國。另一方面，伴隨著各種進步和科學上的成就，以叔本華的哲學和歷史主義為根基，文化界開始隱隱滋生出有所失落的悲觀主義。第一次世界大戰更是將這種悲觀調子推向了高峰，史賓格勒的《西方的沒落》一書便是代表作。戰後，德國透過《威瑪憲法》廢除了君主政體、建立了共和制，並規定了一些公民的基本權利，如立法和選舉總統的權利。

但新興共和國的建立，是德國資產階級利用社會民主黨的右翼勢力，因此，政治上會比較保守。《威瑪憲法》納入了公民的民主權利，但若總統認為國家「被擾亂或受到危害」時，便有權停止這些權利的效力其相關條款。在社會動盪期，這種不明朗及不透明的政治情況，會連帶產生經濟上的不穩定，一九二二至二三年間的通貨膨脹就是最明顯的例子。

但所有這些潛在和業已凸現的危機，都被遮掩在社會飛速發展的面紗下，人們很容易以為社會在進步，即便有些問題，只要適應了就好，而不是當中有什麼毛病。

因此班雅明洞察到，在社會發展中，人們沒發現心中的失落，因而矢志要加以披露。阿多諾於一九五五年與夫人一起編輯《班雅明文集》，他在序言裡指出：「班雅明要談的不是超越歷史的東西，而是特定階段的事物。」那就是威瑪共和國於二十世紀上半葉所展現的資本主義社會。

就德國而言，早在威廉二世的時代，文化悲觀主義就已漸漸萌生。班雅明在《單向街》中描述了社會衰亡的意象，並應和了這一悲觀的基調。但他並沒有成為悲觀主義者。他披露那些症狀，是為了醫治社會。讓既存的概念思維短路，並激發面對事實的單純思維，就是有效的醫治方式。

《單向街》的最後幾個篇章觸及了性愛問題，這顯然是想拯救人的社會性。社會性逐漸喪失，耶寧格認為：「性愛是人類社會性的最後所在，其關係是兩人世界；社會必須建立在此基礎上。」而且，性愛是孕育新生命的世界。

在〈醫生家夜間急診用的門鈴〉中，班雅明說，新生命是性愛得到滿足的產物；

在〈裸體軀幹雕像〉中，他指出，新生命是人精力耗盡的結果。在這兩個意象裡，班雅明獨特地呈現出最具政治性的東西：對新社會誕生的展望。身體和「身體政治」、人的結合和新種族的形成便有了關聯。

現代社會不可逆轉的殘忍迫使人類要更新各民族的特性。《單向街》所披露的現代社會及其失落感，是存在於威瑪時期的德國，但這些徵兆具有普遍意義，是在現代化進程中，人文精神不可避免的失落。

所以，該書在全球引起廣泛讀者的共鳴。

女人、信仰、不歸路

《單向街》引人矚目的另一處，是作者把它獻給了阿西亞．拉西斯（Asja Lacis）。

拉西斯是信奉共產主義的拉脫維亞人，當過劇作家布萊希特的助手、舞臺劇演員和導演。班雅明於一九二四年五月在義大利的卡布里島編寫劇本，並與她相識，也很快成了她的同居情人。一九二六年十二月至一九二七年一月，班雅明為了她造訪莫斯科，並寫下了《莫斯科日記》，內容無處沒有她的影子。一九三〇年，為了與拉西斯在一起，班雅明與結婚十三年並生有愛子的妻子離婚。拉西斯雖然與班雅明一直保持關係，但始終未答應他的求婚。

班雅明將他當時的得意之作《單向街》獻給她，似乎是對這段戀情的紀念，可實際上其意味遠不止於此。

班雅明一生最親密的朋友肖勒姆（Gershom Scholem）在為《莫斯科日記》所寫的前言中，如此描寫了那兩人的關係：

> 班雅明於一九二四年年五月在卡布里島結識拉西斯。他從那裡寫信給我，並提到了這個女人，但沒有說出她的名字。他稱她為「來自立陶宛的女布爾什維克，對共產主義的徹底實現有強烈信心」，又稱其為「來自里加的俄羅斯女革命家」。他甚至寫道：「她是我所認識的最傑出的女性。」

無疑，從那時起一直到一九三〇年，這個女人對班雅明產生了決定性的影響。在班雅明前往莫斯科之前，他倆於一九二四年在柏林、一九二五年在里加就已同居過。這是班雅明一生繼前妻柯爾納（Dora Kellner）、科亨（Jula Cohn）後結識的第三位重要的女人。班雅明愛慕她，而她對班雅明的思想也產生的強烈影響。因此，班雅明才將這本書獻給她。

在一九二四年結識拉西斯後，班雅明開始研讀馬克思主義的書籍。耶寧格就此寫道：「除了拉西斯的影響，班雅明也讀了盧卡奇的著作，以了解德國唯心主義與馬克思主義的關聯。最後他接受了歷史唯物主義的基本觀點。《單向街》便是具體展現此影響的第一部著作。」

靠向馬克思主義是他生命中具有決定意義的事件。

所以，班雅明將此書獻給拉西斯，不僅是緬懷和看重一段戀情，也是對其政治信仰的執著和投入。當然，他並沒有成為布爾什維克式的共產主義者，對馬克思主義也只是部分接受，主要包含歷史唯物主義以及對資本主義的批判，也因為後者，他由政治經濟轉向了精神領域。

「單向街」是威瑪德國的社會景象，班雅明用這樣的書名，是要以「不歸路」或「不可逆轉」的多重意義來烘托出全書的意味。首先，威瑪德國的資本主義隱含的衰亡因素是不可逆轉的。其次，作者所接受的馬克思主義思想也是不可逆轉的。第三，作者為了拉西斯而走上的愛之路也是不歸路。總之，無論就整個社會，還是就個人的生命道路，都是不會重來的。人生宛如社會，走上的永遠是單向街。

本書早在十多年前就已譯出，其間經歷多次再版加印，每次都做了一些修訂。此次，我根據德國蘇爾坎普（Suhrkamp）出版社於一九九七年發行的第十三版再次做了修訂。

至於阿多諾評《單向街》是取自於他的《文學筆記》。

譯者二〇二〇年春於滬

年表

一八九二年　誕生於柏林。

一九〇二年　十歲。

進入弗里德里希·威廉中學（Friedrich-Wilhelm-Gymnasium），思想上深受德國教育革新家魏納肯（Gustav Wyneken）所影響。

一九一二年　高中畢業，先在弗萊堡大學主修哲學，接著轉回柏林大學。

一九一四年　成為「自由大學生聯盟」的主席，並結識他後來的妻子柯爾納（Dora Kellner）。

一九一五年　結識猶太裔學者肖勒姆（Gerhard Scholem），並轉學到慕尼黑大學。

一九一七年　與柯爾納結婚，並遷往瑞士伯恩居住。

一九一八年　生子，同年結識馬克思學者布洛赫（Ernst Bloch）。

一九一九年　在導師赫爾伯茨（Richard Herbertz）的指導下，發表論文《德國浪漫派中的藝術評論》，並獲得博士學位。
一九二三年　結識阿多諾（Theodor Wiesengrund Adorno）；開始寫作《德國悲苦劇的起源》。
一九二四年　在義大利卡布里島上編寫劇本；結識阿西亞·拉西斯（Asja Lacis）並開始研讀馬克思主義理論。
一九二五年　嘗試在法蘭克福大學申請教職，結果失敗。
一九二六年　造訪莫斯科。
一九二七年　開始寫作《巴黎拱廊街》。
一九二八年　《單向街》和《德意志悲苦劇的起源》出版。
一九三〇年　離婚。
一九三三年　流亡巴黎，年中居住在西班牙的伊維薩島。
一九三四年　在丹麥造訪布萊希特；成為法蘭克福大學社會研究所的正式成員。

一九三五年　《機械複製時代的藝術作品》出版。

一九三八年　出版《波特萊爾筆下的第二帝國的巴黎》。

一九四〇年　為了躲避納粹的迫害，在德國哲學家霍克海默（Max Horkheimer）的周旋下，獲得赴美簽證。本打算從西班牙的波爾特沃（Port Bou）離開歐洲，但計畫失敗，於是自殺。

知識叢書 1146

單向街：城市漫遊者班雅明的步行、探索與懷舊小物
One-Way Street

作　　者—華特．班雅明（Walter Benjamin）
譯　　者—王涌
責任編輯—許越智
責任企畫—張瑋之
封面設計—FE設計
內文排版—張瑜卿
總 編 輯—胡金倫
董 事 長—趙政岷
出 版 者—時報文化出版企業股份有限公司
一〇八〇一九臺北市和平西路三段二四〇號四樓
發行專線／（〇二）二三〇六—六八四二
讀者服務專線／〇八〇〇—二三一—七〇五、（〇二）二三〇四—七一〇三
讀者服務傳真／（〇二）二三〇四—六八五八
郵撥／一九三四—四七二四時報文化出版公司
信箱／一〇八九九臺北華江橋郵局第九九信箱
時報悅讀網—www.readingtimes.com.tw
法律顧問—理律法律事務所　陳長文律師、李念祖律師
印　　刷—紘億印刷有限公司
初版一刷—二〇二三年十一月二十四日
定　　價—新台幣二八〇元

時報文化出版公司成立於一九七五年，並於一九九九年股票上櫃公開發行，於二〇〇八年脫離中時集團非屬旺中，以「尊重智慧與創意的文化事業」為信念。

單向街：城市漫遊者班雅明的步行、探索與懷舊小物
華特．班雅明（Walter Benjamin）著；王涌譯
--- 初版 --- 臺北市：時報文化出版企業股份有限公司，2023.11
面；14.8×21公分. ---（知識叢書 1146）
譯自：One-Way Street
ISBN 978-626-374-574-2（平裝）
875.6　　　112018248

作家榜经典文库®